D1101051

A la merci de Dario Olivero

KATE WALKER

A la merci
de Dario Olivero

Azur

❖HARLEQUIN

Collection : Azur

*Cet ouvrage a été publié en langue anglaise
sous le titre :*
OLIVERO'S OUTRAGEOUS PROPOSAL

Traduction française de
ISABELLE DONNADIEU

HARLEQUIN®
est une marque déposée par le Groupe Harlequin

Azur® est une marque déposée par Harlequin

HARLEQUIN
83-85, boulevard Vincent-Auriol, 75646 PARIS CEDEX 13
Service Lectrices — Tél. : 01 45 82 47 47
www.harlequin.fr
ISBN 978-2-2803-4430-2 — ISSN 0993-4448

1.

Peut-être Alyse devait-elle abandonner son plan : n'était-il pas stupide et dangereux ?

Le bal de charité n'avait pas réellement débuté, mais elle commençait à éprouver des scrupules.

Lorsqu'un groupe d'invités s'écarta, elle aperçut un homme grand, ténébreux, à l'épaisse chevelure noire, installé à l'opposé de la grande salle.

Surprise, elle repoussa une mèche de cheveux qui la dérangeait pour mieux le voir. Il était…

— Parfait.

Elle avait parlé à voix haute sans même s'en rendre compte. C'était la première fois que cela lui arrivait.

L'homme était incontestablement différent des autres. Il se tenait droit, fier, tel un oiseau de proie au milieu de vulgaires volatiles. Il ne ressemblait à aucun autre des hommes présents ce soir-là.

Il la captiva à tel point qu'elle ne parvint pas à détourner le regard.

Comme ensorcelée, elle se figea, sa coupe de champagne à quelques centimètres de la bouche. Complètement sous le charme, elle n'avait même plus la force d'aller au bout de son mouvement.

Il était tout simplement incroyable. Elle n'avait pas d'autre mot pour le décrire. Très grand, très fort, il était vêtu d'un costume qui mettait en valeur sa puissance et sa virilité. Sa cravate était desserrée et le premier bouton de sa chemise blanche était ouvert, comme s'il avait besoin d'espace pour respirer. Ses cheveux noir corbeau étaient plus longs que ceux des autres hommes. Ses pommettes étaient hautes, ses cils interminables, et son regard… Un regard brûlant. Perçant.

Jamais elle n'avait croisé d'homme aussi beau. En revanche, il ne semblait pas à sa place, ici. Un peu comme elle, d'ailleurs. La seule différence, c'était qu'il n'avait sans doute pas été poussé par son père à participer à ce bal.

— Tu passes toutes tes journées enfermée dans une sombre petite galerie d'art, lui avait dit ce dernier. Tu aurais besoin de sortir.

— Mais *j'aime* passer mes journées dans la galerie, avait-elle protesté.

Il ne s'agissait peut-être pas de l'emploi de ses rêves, mais au moins, elle avait un salaire et pouvait, quelques heures par jour, échapper à l'ambiance pesante qui régnait chez elle, et à la maladie de sa mère.

— Mais tu ne rencontreras personne, si tu ne sors pas.

En disant cela, son père faisait évidemment référence à Marcus Kavanaugh, cet homme qui avait fait de sa vie un enfer, ces dernières semaines, la poursuivant de ses assiduités et insistant pour qu'elle l'épouse. Il s'était même mis à la harceler sur son lieu de travail, et elle ne parvenait plus à lui échapper. Le pire était que, tout à coup, pour des raisons qu'elle ne s'expliquait pas, son père venait de décider que ce mariage serait une excellente idée.

— Il est peut-être le fils de ton patron, et son héritier, mais ce n'est pas mon genre d'homme, avait-elle répliqué.

Hélas, son père ne l'avait pas écoutée. Il ne la forçait pas à l'épouser, évidemment, mais en insistant comme il le faisait, il semblait sous-entendre qu'elle n'aurait pas dû hésiter, car jamais elle ne trouverait un meilleur parti.

Lasse, et surtout à bout d'arguments, elle avait donc accepté de se rendre au bal de charité, ce soir. Ce qu'elle n'avait pas dit à son père, en revanche, c'est qu'elle avait décidé que cette soirée serait l'occasion pour elle de donner un coup de pouce au destin.

Et voilà que cet homme mystérieux venait de faire son apparition, à l'autre bout de la salle.

Sa taille, son assurance et ses vêtements correspondaient parfaitement à l'ambiance et au style du bal. Mais avec son air détaché, il semblait n'avoir que faire de l'opinion des autres. Ce qui faisait de lui le partenaire idéal pour son projet.

Le complice rêvé.

Pensait-il à la même chose qu'elle ? En tout cas, son regard plongea littéralement dans le sien.

Aussitôt, une sensation de vertige la saisit, et elle posa une main sur le mur pour ne pas chavirer. Sa tête tournait, d'un seul coup.

Danger..., lui souffla une petite voix intérieure. Elle se mordit la lèvre pour tenter de se reprendre. Elle avait peur et, en même temps, elle se sentait terriblement excitée.

L'heure était venue de mettre son projet à exécution.

Au départ, son plan était de mettre un terme à la cour assidue de Marcus en se montrant au bras d'un autre homme. Et pourquoi ne pas s'amuser en même temps, si « s'amuser » voulait dire s'approcher de cet homme mystérieux ?

Quoi ? Venait-elle vraiment de penser à...

Etonnée par son audace, elle sursauta et renversa un peu de champagne sur sa robe bleue.

— Zut...

Elle avait bien un mouchoir dans sa pochette dorée, mais l'attraper d'une seule main, sans poser sa coupe, risquait d'être délicat. Le pied de son verre coincé entre deux doigts, elle tenta néanmoins d'ouvrir son sac. Sans succès. Elle ne réussit qu'à renverser un peu plus de champagne. Génial ! Elle était en train de se ridiculiser et, en plus, d'abîmer sa robe.

— Permettez-moi.

La voix qui venait de prononcer ces mots était autoritaire et douce à la fois, et surtout très profonde. Deux mains bronzées la débarrassèrent de sa coupe et la posèrent sur une table. Puis l'homme attrapa une serviette en papier et l'appuya sur la tache qui maculait sa robe.

— M… Merci.

Pourquoi se sentait-elle aussi faible, aussi tremblante, tout à coup ? Elle tenta en vain de rassembler ses forces. Malgré tous ses efforts, elle avait l'impression qu'elle allait tomber, perchée sur ses talons hauts. Elle se sentait vaciller et frissonner.

— Doucement…

La voix profonde était maintenant plus proche, à quelques centimètres seulement de son oreille.

— Merci.

Cette fois, elle parvint à répondre sans bredouiller.

A son grand soulagement, sa voix était plus forte. Elle avait enfin le courage de se redresser, de lever la tête et de regarder l'homme droit dans les yeux.

Elle plongea dans son regard et, aussitôt, elle se remit à frissonner. Jamais elle n'avait vu des yeux aussi bleus, aussi beaux, et surtout aussi perçants.

Ces prunelles de la couleur des mers du Sud appartenaient à l'homme qu'elle avait aperçu un peu plus tôt, de l'autre côté de la pièce. Il se trouvait désormais à quelques centimètres d'elle, si grand qu'il lui cachait la lumière et l'abritait du regard des autres invités. Sa chaleur masculine l'enveloppait, son parfum musqué l'enchantait et lui faisait tourner la tête.

— Vous…

Pour ne pas tomber, elle s'agrippa à son bras puissant. Aussitôt, comme par magie, sa température grimpa de quelques degrés et une décharge électrique la traversa. Allait-elle encore perdre tous ses moyens ?

— Oui, moi, répondit-il avec malice.

Comme elle ne répondait pas, il poursuivit :

— Mieux vaut sécher un peu plus la tache avant qu'elle s'incruste définitivement dans la robe.

— Oui… Je…

Que pouvait-elle dire d'autre ? Sa tête était vide. Elle ne parvenait pas à articuler le moindre mot. Toute raison l'avait désertée.

Il pencha la tête vers elle pour nettoyer sa robe, et une mèche noire effleura sa joue. Instantanément, son rythme cardiaque s'emballa, sa respiration devint rauque et ses joues s'empourprèrent.

Les mains parfaites de l'inconnu n'étaient plus qu'à quelques centimètres de son décolleté, de l'endroit où la soie bleue de sa robe rencontrait sa peau.

Le contact était doux, délicat et, en même temps, beaucoup trop intime. Surtout ici, en public. Elle devait faire preuve d'un peu de dignité.

— Je crois que ça va aller…

Elle voulait reculer, ou le repousser, car le geste était bien trop personnel. En même temps, elle en voulait davantage. Elle mourait d'envie qu'il continue et qu'il touche sa peau, qu'il la caresse.

Elle ferma la bouche, de peur de prononcer des mots qu'elle regretterait, des mots que ses instincts les plus primitifs mouraient d'envie de prononcer. *Encore, s'il te plaît…*

— C'est bon. Merci.

— D'accord.

Sa voix voluptueuse et son souffle chaud lui donnèrent une nouvelle fois la chair de poule. Mais au moins, sa main puissante avait arrêté ce doux mouvement de caresse. Il avait fait une boule de la serviette, qu'il jeta sur la table non loin d'eux.

— Maintenant, nous pouvons peut-être recommencer.

Sa voix profonde semblait sourire, mais son regard

couleur lagon était dur, presque glacial, comme si elle n'était qu'un insecte qu'il observait au microscope.

— Nous pouvons commencer, plutôt que recommencer.

Il fit un pas en arrière. Il mesurait au moins une tête de plus qu'elle, et pourtant, elle portait des talons aiguilles.

— Mon nom est Dario Olivero.

Il tendit la main. Apparemment, il tenait à des présentations en bonne et due forme. C'était un peu ridicule après le moment d'intimité qu'ils venaient de partager, mais peu importait.

— Alyse Gregory.

Il avait prononcé son nom d'une voix ferme tandis qu'elle n'avait pu s'empêcher de trembler.

D'ailleurs, elle tremblait encore. Et sa gorge était sèche. Elle passa la langue sur ses lèvres pour les humidifier, et vit alors son beau regard bleu descendre et suivre son mouvement. Vraiment ? Avait-elle bien vu ou avait-elle rêvé ?

Il la regardait comme un tigre fixerait une gazelle terrifiée, avant de passer à l'attaque et de la dévorer.

Devait-elle avoir peur ?

Il prit sa main dans la sienne et, instantanément, elle oublia tout. Personne n'avait jamais tenu sa main de cette façon. Le contact la brûlait, embrasait tous ses sens, titillait chaque centimètre carré de sa peau.

Stop ! C'était indécent, à la fin… Ils étaient en public ! Sans compter qu'elle venait à peine de le rencontrer. Elle devait à tout prix se reprendre.

Le problème était que jamais elle n'avait éprouvé de telles sensations, aussi intenses, aussi rapides, surtout avec un inconnu.

Inconnu… Pas tout à fait, car elle connaissait son nom. Elle avait déjà entendu parler de Dario Olivero. Qui n'en avait pas entendu parler, d'ailleurs ? Ses vignes et ses vins étaient mondialement connus.

— Alyse…

Sa voix était aussi douce qu'une caresse, et son regard toujours froid et perçant.

Elle ne répondit pas et il demeura immobile un instant. Puis, peu à peu, son beau visage se détendit et il sourit enfin. Il était encore plus beau quand il souriait.

Alyse Gregory.

Ce nom tournait en boucle dans sa tête. C'était donc la fameuse lady Alyse Gregory. Il avait entendu dire qu'elle serait présente au bal. C'était d'ailleurs l'unique raison pour laquelle il avait accepté de se rendre à cette soirée ennuyeuse.

A une autre époque, il n'aurait pas été capable de pénétrer dans un lieu aussi luxueux, encore moins de se frayer une place au milieu de ces personnalités riches et célèbres. S'il avait essayé, il aurait sans doute été refoulé. Ou bien les videurs lui auraient montré la porte. La porte de derrière, bien sûr. Une porte dont il avait l'habitude, car il l'avait souvent empruntée, lorsqu'il était livreur pour la maison de vin Coretti, celle qui lui avait offert son premier emploi et l'avait lancé sur la voie du succès.

Peut-être aurait-il pu entrer sous l'identité du fils illégitime de Henry Kavanaugh, si son père l'avait reconnu. Hélas, celui-ci ne l'avait jamais fait.

A cette simple idée, un goût amer l'envahit. S'il avait tablé un jour sur cette reconnaissance, il n'avait plus du tout d'espoir, aujourd'hui.

Ce soir, il était ici en tant que Dario Olivero, le propriétaire des plus célèbres vignes de Toscane. Un richissime homme d'affaires. Et ici, seul l'argent comptait.

Ce n'était toutefois pas pour cette raison qu'il était présent. Il était ici parce qu'il désirait rencontrer une femme.

Cette femme-là, précisément.

— Ravi de vous rencontrer, Alyse Gregory, dit-il en s'obligeant à ne pas afficher sa satisfaction.

Il s'attendait évidemment à ce qu'elle soit belle. Marcus n'aurait jamais accepté de participer à un événement aussi mondain avec une femme qui ne possédait pas la beauté d'un mannequin. Même si elle portait un titre de noblesse, ce que les deux Kavanaugh, le père et le fils légitime, considéraient comme plus important que la fortune.

Malgré tout, Alyse Gregory ne ressemblait pas aux femmes avec lesquelles Marcus sortait habituellement. Elle était grande, blonde, belle, mais elle était surtout différente. Etonnamment différente.

Il se mit à l'étudier attentivement.

Elle était bien moins artificielle que les créatures avec lesquelles Marcus aimait d'ordinaire être photographié. Elle possédait de superbes formes, des formes naturelles et non siliconées.

Elle était si belle que les quelques instants passés à essuyer le vin sur la robe et la peau crémeuse de son décolleté avaient allumé tous ses sens. Son parfum fleuri avait réveillé son cœur et lui avait fait tourner la tête. Et lorsqu'il avait vu une goutte glisser entre ses deux seins ronds, sa gorge s'était asséchée. Il en avait perdu tous ses moyens.

Mais sa raison se réveilla soudain.

Il était en train de se ridiculiser. Il tenait sa main délicate depuis bien trop longtemps.

— Pardonnez-moi…

— Bonjour, Dario…

Leurs deux phrases restèrent suspendues dans l'air et ils éclatèrent de rire, comme soulagés que la tension s'évanouisse enfin. Il lâcha sa main, mais elle s'y accrocha encore quelques instants, puis elle la laissa retomber et chercha du regard sa pochette, qu'il avait posée sur la table à côté.

— Merci d'être venu à mon aide.

— Je serais venu à vous, de toute façon.

Il ne pouvait lui cacher la vérité.

— Vraiment ?

Elle planta son regard couleur émeraude dans le sien, et fronça les sourcils. Avait-elle des doutes ?

— Mais bien sûr. Et en plus, vous le savez.

— Ah bon ?

Il regretta de s'être montré trop direct. Peut-être allait-elle nier les étincelles qu'il avait aperçues quelques instants plus tôt dans son regard, en dépit de la distance.

C'était justement ce regard qui l'avait poussé à la rejoindre. D'habitude, il n'était pas homme à agir sans réfléchir. Il n'était pas du genre impulsif. Il envisageait toutes les facettes d'une situation, jusqu'aux moindres détails. Il était d'ailleurs connu pour ce trait de personnalité, qui lui avait permis de construire sa réputation et sa fortune.

Et pourtant, voilà qu'il se retrouvait au côté d'une femme qu'il avait aperçue à l'autre bout de la pièce, simplement parce qu'il avait été envoûté par son regard. Il n'avait même pas l'excuse de prétendre qu'elle était la femme qu'il était venu chercher. Lorsqu'il s'était approché d'elle, il ignorait encore qu'elle s'appelait Alyse Gregory.

Elle avait eu la même sensation que lui, éprouvé la même attirance, il en avait la certitude. Il l'avait vu dans son beau regard, dans ses hésitations, et aussi à la façon qu'elle avait eue de sursauter et de rougir quand il s'était approché.

— Vraiment ? répéta-t-elle, une lueur de défi dans les yeux.

Son regard émeraude quitta le sien et se tourna vers l'escalier central d'où descendaient les derniers invités. Elle avait l'air de chercher un moyen de s'échapper.

Allait-elle nier l'évidence ? Après tout, peut-être s'était-il trompé sur son compte.

Au bout de quelques secondes, elle se retourna vers lui et leva la tête avec assurance.

— Oui, c'est vrai, je l'admets. Si vous n'étiez pas venu, je vous aurais sans doute rejoint.

Voilà, elle reconnaissait à présent l'évidence…

Il aurait dû se sentir pleinement satisfait. Mais sous la satisfaction, il se sentait… *déstabilisé*. Un peu comme si la Terre venait soudainement de changer d'orbite. La femme qu'il avait vue quelques minutes plus tôt avait disparu, remplacée par une autre femme, une femme identique et pourtant très différente.

— Alors dites-moi tout, reprit-elle avec une étonnante assurance et les yeux brillants. Pourquoi veniez-vous vers moi ?

C'était une bonne question.

Et une question à laquelle il allait avoir du mal à répondre. Il n'arrivait plus à penser calmement. Son esprit venait de s'évanouir, et son corps prenait le pouvoir.

Tout ce qu'il savait, c'est qu'il était l'homme le plus chanceux du monde, ce soir. Cette fameuse Alyse Gregory qu'il était venu rencontrer se trouvait être la divine sirène qui avait capturé son regard et l'avait ensorcelé.

Du coin de l'œil, il aperçut soudain un mouvement dans l'escalier et reconnut une tête blonde. Marcus venait de faire son apparition. Il ne devait pas oublier la raison de sa présence : empêcher que Marcus puisse présenter à son père une fiancée portant un titre de noblesse. Il était temps pour lui de revenir à son plan A. Et, avec un peu de chance, il pourrait également passer au plan B.

— M'accorderiez-vous cette danse ?

Quelle femme allait lui répondre ? Quelle Alyse Gregory ? La timide ou l'audacieuse ?

— Avec grand plaisir.

C'était finalement une nouvelle Alyse, une Alyse si différente qu'elle lui faisait de nouveau perdre tous ses moyens. Son sourire était si beau, si rayonnant, qu'il aurait été capable d'illuminer toute la pièce.

Peut-être était-il même trop rayonnant.

Peut-être en faisait-elle trop.

D'un autre côté, puisqu'elle avait accepté de danser, il n'allait certainement pas renoncer. Tout cela correspondait à son plan. Et en plus, il en avait terriblement envie.

Seulement, elle l'avait à ce point envoûté qu'il avait du mal à se souvenir des raisons pour lesquelles il avait forgé ce plan.

— J'aimerais beaucoup danser, ajouta-t-elle.

Elle leva vers lui ses grands yeux verts. Comment s'esquiver, à présent ? C'était impossible. Telle une sirène, elle l'avait pris dans ses filets, et ensorcelé.

Sans attendre, il lui prit la main et l'attira vers la piste de danse, où l'orchestre jouait une valse. Il passa un bras autour de sa taille fine, prêt à la faire tournoyer, mais la musique s'arrêta presque aussitôt.

— Quel dommage…

Alyse éclata de rire et baissa un regard amusé vers leurs mains jointes. Elle ne tenta pas de se dégager ou de rompre l'étreinte. Elle resta simplement immobile, puis releva la tête et plongea ses prunelles émeraude dans les siennes.

— J'ai encore envie de danser.

Lui se sentait totalement indifférent à la danse, mais si cela voulait dire qu'elle restait ainsi, sa main dans la sienne, près de lui, si près qu'il pouvait voir sa poitrine monter et descendre au rythme de sa respiration, si près qu'il pouvait s'enivrer de son parfum fleuri, il n'allait certainement pas la lâcher. Il allait rester sur place et attendre.

L'orchestre recommença à jouer et, sans attendre ni hésiter, il entraîna Alyse dans une valse.

J'ai encore envie de danser...

Elle se répéta les mots qu'elle avait prononcés. Elle ne les reconnaissait pas. Son esprit semblait anesthésié par les sensations qui vrillaient ses sens.

Elle n'avait pas simplement envie de danser : elle avait faim de danse avec cet homme. Elle mourait d'envie de sentir sa main dans la sienne et son bras autour d'elle. Elle mourait d'envie de virevolter, et cela n'avait rien à voir avec l'idée qui l'avait envahie lorsqu'elle avait posé le regard sur lui. Rien à voir avec son projet de trouver un homme qui l'aiderait à repousser Marcus, à faire en sorte que celui-ci arrête de la poursuivre.

Elle réagissait ainsi parce que c'était Dario Olivero, tout simplement. Un homme qui lui avait donné le vertige dès qu'elle l'avait aperçu.

— Dario...

Elle tenta de prononcer son nom, mais elle ne le reconnaissait pas sur ses lèvres. Elle essaya de nouveau, plus fort.

— Dario...

Il baissa la tête et plongea son regard azur dans le sien. Aussitôt, un voile de douceur l'enveloppa. Sa raison s'évanouit et sa tête se mit à tourner. Comment était-elle encore capable de danser dans cet état ? Elle n'était plus qu'une boule d'émotions, et ne maîtrisait plus rien.

— Vous dansez très bien, dit-elle tout de même. Mieux que très bien, même.

— Il est un peu tard pour le remarquer, répliqua-t-il d'un ton moqueur. Que se serait-il passé si j'avais eu deux pieds gauches et que je vous avais marché sur les pieds ?

« Cela ne m'aurait pas dérangée », avait-elle envie de répondre. Mais elle se retint. De toute façon, elle ne contrôlait plus ses jambes, et encore moins ses pieds.

— Détendez-vous, Alyse.

— Je suis détendue.

Il ne répondit pas, du moins pas avec des mots, mais

il haussa un sourcil dubitatif et, comme par magie, son cœur accéléra encore. Son esprit vacillait, mais son corps restait bien droit, souvenir des années de danse classique.

La distance entre leurs deux corps était de plus en plus faible.

Elle plongea de nouveau dans ses beaux yeux couleur horizon. Son regard était si clair qu'elle devinait son reflet dans ses prunelles. Elle s'y trouvait petite, presque vulnérable.

Incapable de résister à la tentation, elle s'y noya et perdit conscience du temps et du lieu. Elle vivait un rêve éveillé, ne se rendait plus compte de rien. Elle se contrôlait si peu qu'elle faillit trébucher. Heureusement, les bras puissants de Dario la serrèrent un peu plus.

L'émotion faisait battre son cœur à une allure folle dans sa poitrine. L'émotion, mais également la certitude que lui aussi éprouvait les mêmes sensations, la même attirance qu'elle.

Elle n'avait plus aucun doute, à présent. Dario Olivero, l'homme ténébreux qui était encore un inconnu quelques minutes plus tôt, ressentait aussi le feu qui brûlait en elle. Il était aussi attiré qu'elle l'était.

— Dario…

Cette fois, sa voix n'était plus qu'un murmure. Sa gorge était si serrée qu'elle parvenait à peine à parler. Il l'entendit néanmoins et esquissa un sourire, avant de pencher la tête et de poser la joue contre la sienne.

— Détendez-vous, Alyse.

Doucement, il l'attira un peu plus vers lui et resserra son étreinte. Sa main puissante était désormais posée sur la peau nue de son dos. Un délicieux frisson la parcourut.

— Détendez-vous…, répéta-t-il encore une fois.

Ensorcelée par cette voix enjôleuse, elle se fondit contre lui, se lova contre son corps puissant. Elle posa la tête contre son torse et ferma les yeux. Envoûtée par les battements réguliers de son cœur, elle s'abandonna aux sensations. Elle n'aspirait qu'à une chose : profiter de ce moment parfait.

Contre son ventre, elle pouvait sentir son désir viril se tendre. Ce désir attisait le sien, l'excitait terriblement. Pourtant, elle n'avait pas envie de succomber.

Pas encore, du moins. Pour le moment, elle voulait seulement savourer leur proximité pendant quelques instants.

Alors qu'il ordonnait à Alyse de se détendre, Dario sentait son propre corps tendu à l'extrême, prêt à s'enflammer et à lui faire perdre tout contrôle de soi.

Sa beauté, le doux murmure de sa respiration, les mouvements aériens de sa robe bleue, tout en elle lui plaisait et l'attirait. L'hypnotisait, même. Il ne pensait plus qu'à cette femme entre ses bras. Sa douceur, son parfum, la sensation de sa main dans la sienne... Mais tout cela ne lui suffisait pas. Il voulait davantage.

Malgré tout, il n'était pas prêt à mettre un terme à cette danse. Il ne voulait pas y renoncer, même pour passer à l'étape ultérieure, même pour succomber à ce désir qui le consumait.

Rien ne se déroulait comme il l'avait prévu, ce soir, mais qu'importait ? Son projet de ridiculiser Marcus était désormais relégué dans un coin reculé de son esprit. Il n'avait plus la moindre envie d'y penser.

Il prit une profonde inspiration alors que le morceau se terminait et que l'orchestre en entamait un autre. Un slow, le genre de danse qui encourageait un homme à serrer davantage la femme dans ses bras.

L'avait-il attirée un peu plus à lui, ou Alyse s'était-elle lovée toute seule entre ses bras ? Son corps féminin se moulait parfaitement contre le sien. Plaquée ainsi, elle percevait sans doute son désir, qu'il devenait impossible de lui cacher. Pourtant, ce contact ne semblait nullement

la déranger. Au contraire, elle se frottait langoureusement contre lui.

Bon sang, si elle continuait ainsi, il allait exploser.

— Alyse…

Sa voix n'était plus qu'un murmure, mais un murmure
destiné à lui rappeler qu'ils se trouvaient en public, dans
un bal de charité, au milieu de centaines de personnes.
Ce n'était donc pas le lieu idéal pour laisser libre cours
à leur désir. Les sensations qu'il éprouvait convenaient
à une chambre à coucher, où il pourrait la débarrasser
de sa belle robe vaporeuse.

C'était impossible… Il ne pouvait lutter, elle le rendait
fou. Il n'était pas suffisamment fort pour résister à une
telle tentation.

Il baissa la tête et effleura de la bouche ses doux
cheveux blonds. Elle murmura quelques mots puis se
plaqua encore plus contre lui, offrant sa joue à ses baisers
et à ses caresses.

Le goût de sa peau laiteuse était comme une drogue
envoûtante. Maintenant qu'il y avait goûté, jamais plus
il ne pourrait s'en passer.

— Alyse… J'ai envie… Allons…

— Oui, allons ailleurs, termina-t-elle à sa place.
Allons dans un endroit un peu plus… privé.

Elle rompit l'étreinte mais ne lui lâcha pas la main,
puis elle l'entraîna hors de la piste de danse.

Depuis qu'il avait posé les yeux sur elle, il avait deviné
que ce moment arriverait. C'était son destin, et rien ne
pouvait contrarier le destin.

2.

Le couloir était silencieux et étonnamment désert, alors que la salle de bal, comble, ne se situait qu'à quelques mètres. A l'étage, un buffet était servi, où sans doute de nombreux invités faisaient déjà la queue. En tout cas, ce couloir désert était presque glacial.

Alyse frissonna.

— J'ai besoin de mon manteau.

Elle fouilla dans sa pochette, à la recherche de son ticket de vestiaire.

Dès qu'elle le sortit, Dario le lui prit des mains.

— Attends-moi ici.

Etait-ce un geste de courtoisie ou prenait-il le contrôle des événements ? Elle le regarda se diriger d'un pas rapide vers le vestiaire. Elle n'avait pas la réponse à cette question. De toute façon, elle n'avait pas envie d'y répondre. Elle associait le terme de « contrôle » à son père, ou bien à Marcus, et en cet instant elle n'avait envie de penser ni à l'un ni à l'autre.

Ils ne se trouvaient qu'à quelques mètres de la salle de bal, et de l'atmosphère intime où ils avaient baigné, et pourtant toute sensation de chaleur et de bien-être s'était évaporée. Mal à l'aise, elle croisa les bras sur sa poitrine pour tenter de se réchauffer et de recouvrer un peu de force et d'assurance.

Elle n'avait pas eu envie de quitter le cocon de douceur qui les enveloppait sur la piste de danse, mais seulement de trouver un peu plus d'intimité. Dès qu'ils étaient sortis de la salle, la réalité avait repris le dessus, brisant la petite bulle de bonheur où elle flottait quelques minutes plus tôt.

— Qu'est-ce que je suis en train de faire ?

Elle prononça ces mots à voix haute, sans jamais quitter du regard le dos puissant et musclé de Dario.

Allait-elle vraiment quitter le bal avec lui ? Avec cet homme qu'elle venait à peine de rencontrer ?

Elle jeta un coup d'œil vers la grande pendule murale. Elle avait fait sa connaissance moins d'une heure plus tôt.

La porte principale s'ouvrit tout à coup, et un invité qui était sorti fumer rentra, laissant la porte entrouverte.

Les doutes l'assaillirent. Comme un athlète attendant le signal du départ pour s'élancer, elle se mit à se balancer sur ses jambes. Elle pouvait partir tout de suite, ou bien...

Elle fit un pas en direction de la porte et le froid l'enveloppa un peu plus, ainsi que l'humidité. Elle avait besoin de son manteau pour partir. Et son manteau...

Son manteau se trouvait entre les mains de Dario, entre ses doigts longs, fins, et experts.

Elle le regarda approcher.

Incapable de bouger, ses pieds ne lui obéissant plus, elle se mit à observer son beau visage.

Il savait à quoi elle pensait : elle pouvait le voir à son regard perçant.

— Helena !

Juste derrière elle, au-delà de la porte menant à la salle de bal, elle reconnut une voix masculine. Son cœur s'accéléra dans sa poitrine. Elle repensa à son arrivée ici, à son projet, à son désir que Marcus l'aperçoive avec un autre homme et comprenne enfin qu'elle ne désirait pas l'épouser.

La chair de poule l'envahit.

Marcus était ici.

Elle n'avait plus aucune envie, d'un seul coup, qu'il

la voie en compagnie d'un autre homme. Elle voulait partir, elle voulait que le moment de magie qu'elle avait vécu auprès de Dario se prolonge.

Elle rejoignit rapidement ce dernier.

— Merci.

Elle se sentait un peu essoufflée, comme si elle venait de courir.

— Je vais en avoir besoin, dit-elle en glissant un bras dans la manche de son manteau. Vous avez vu le temps ? Il pleut des cordes.

Tout en parlant, elle le vit regarder dans le couloir, l'air de chercher quelqu'un.

Il l'aida à passer son bras dans l'autre manche puis, les yeux dans les siens, repoussa une mèche de cheveux qui avait glissé.

Dépêche-toi ! avait-elle envie de lui crier. *Dépêche-toi pour qu'on puisse partir avant que Marcus surgisse !*

— Nous devrons prendre un taxi, poursuivit-elle, sinon, nous allons être trempés.

Elle glissa presque fébrilement un bras sous le sien.

— Ce n'est pas nécessaire.

Il fit un signe de la tête à un homme en uniforme qui se précipita aussitôt vers eux avec un parapluie.

— Votre voiture, monsieur.

Un long véhicule noir s'arrêta au bord du trottoir, et l'homme lui ouvrit la portière. Sans réfléchir, elle se glissa à l'intérieur. La portière claqua derrière elle, puis Dario fit le tour de la voiture et s'installa à son côté. Une seconde plus tard, le véhicule démarrait sans que Dario ait prononcé un seul mot. Apparemment, le chauffeur n'avait pas besoin d'instructions.

Il faisait chaud dans la voiture, pourtant, elle avait encore froid. Sans doute la conséquence de la fuite, et de toutes les émotions contradictoires qui l'avaient envahie au cours des dernières minutes. Elle était heureuse d'être au côté de Dario mais, en même temps, la détermination dont il avait fait preuve la mettait un peu mal à l'aise.

L'avait-il kidnappée ?

Non, bien sûr que non… Elle l'avait suivi de son propre chef. Il l'avait à ce point envoûtée qu'elle ne parvenait plus à réfléchir calmement. Le désir qu'elle éprouvait la consumait et lui faisait tourner la tête. Tous les sens en alerte, elle avait désespérément faim de cet homme. S'ils avaient pu se transporter d'un coup de baguette magique depuis la salle de bal jusqu'à un endroit plus intime, elle n'aurait pas eu la moindre hésitation.

En revanche, dans cette voiture, les questions l'assaillaient. L'inquiétude également. Pourtant, elle avait toujours rêvé d'agir ainsi, avec fougue et passion… Hélas, jusqu'à aujourd'hui, elle avait renoncé à tous ses rêves et à toutes ses envies pour prendre soin de sa mère malade. Elle s'était interdit toute spontanéité.

Ce soir, pour la première fois, elle allait profiter de la vie.

Elle se retourna et, par la vitre arrière, regarda la porte ouverte et illuminée du Grand Hôtel. La pluie battante avait fait rentrer presque tous les invités ; seul restait le portier en faction. Soudain, un homme sortit et, les mains sur les hanches dans une attitude colérique, regarda leur voiture s'éloigner.

Il ne pouvait s'agir que d'une seule personne : Marcus Kavanaugh, celui qui avait fait de sa vie un enfer à force de la harceler.

Elle avait tout tenté pour lui faire comprendre qu'elle n'était pas intéressée. Sans succès. Evidemment, elle était restée polie, vu qu'il était le fils du patron de son père. Mais la politesse n'avait pas eu l'effet escompté. Et voilà qu'à présent, son père insistait à son tour, lui expliquant que ce serait le mariage parfait. Résultat, elle avait l'impression d'être coincée, de n'avoir plus aucune échappatoire.

Au souvenir du comportement de Marcus, le matin même, elle frissonna. Elle pouvait encore l'entendre lui dire qu'elle le regretterait, si elle refusait encore une fois de l'épouser. Sur le moment, sa voix lui avait semblé si menaçante qu'elle en avait eu la chair de poule.

C'était pour cette raison qu'elle avait décidé d'agir, ce soir.

Mais elle ne devait plus penser à Marcus, à présent.

Elle resserra son manteau autour d'elle.

— Tu as froid ?

La question de Dario était apparemment banale, mais peut-être se doutait-il de quelque chose.

— Je t'ai vue frissonner.

Elle répondit d'un sourire.

Quelle soirée étrange… Elle parlait avec Dario comme elle aurait pu le faire avec un être proche.

Or Dario était à la fois un inconnu et un homme pour lequel elle avait instantanément éprouvé une incroyable attirance. Un homme capable d'allumer un incendie de désir en elle, simplement en la prenant par la main pour aller danser. Un homme qui lui avait fait oublier toute raison, toute retenue, à partir du moment où il l'avait invitée à le suivre en un lieu plus intime.

Etait-ce la réalité ou vivait-elle un rêve ?

Une telle alchimie en si peu de temps n'était pas possible, et pourtant, c'était ce qu'elle avait recherché en se rendant au bal. C'était censé être sa solution pour échapper à Marcus.

Une fois encore, elle jeta un coup d'œil discret en arrière. Marcus était en train de héler un taxi, mais la voiture tourna et il disparut de sa vue.

Soulagée, elle sourit. Désormais, quoi qu'il arrive, Marcus ne faisait plus partie de sa vie.

Elle se sentait libre et légère, d'un seul coup.

— Tu te sens mieux ?

Dario l'avait vue sourire et soupirer de soulagement.

Sans doute attendait-il des explications. Mais jamais elle ne lui révélerait la vérité. La vérité ne le regardait pas. De toute façon, ce qui allait se passer désormais n'avait plus rien à voir avec Marcus.

— Je ne pourrais pas me sentir mieux, répondit-elle.

Elle s'approcha de lui, de son corps parfait. Elle avait hâte qu'il la serre entre ses bras puissants.

Dario ne pouvait voir son visage, tandis qu'elle posait la tête contre son torse. Il l'entendait tout de même ronronner comme une chatte. Ses mèches blondes lui caressaient le visage, son parfum fleuri l'enveloppait et titillait ses sens. Serrée ainsi contre lui, elle s'était forcément rendu compte que son cœur battait vite et fort dans sa poitrine.

Elle leva légèrement la tête vers lui.

Comme il avait envie de l'embrasser… Il allait toutefois devoir patienter.

— Nous allons bientôt arriver.

Il jeta un coup d'œil vers le chauffeur pour lui faire comprendre qu'ils devaient attendre d'être seuls. Ce n'était pas l'unique raison, cela dit. Il avait envie de savoir ce que signifiait le sourire qu'il avait aperçu quelques secondes plus tôt sur ses lèvres sensuelles, lorsqu'elle avait jeté un coup d'œil en arrière. Il n'y avait en effet aucune raison de sourire. Sauf si elle avait aperçu Marcus.

Le pauvre Marcus avait perdu cette manche et, avec un peu de chance, le reste de la compétition.

— C'est au coin de la rue.

Au moment où il prononçait ces mots, la voiture se gara le long du trottoir. Son appartement se trouvait au dernier étage de cet immeuble moderne.

— Nous sommes arrivés.

S'il ne la conduisait pas rapidement dans son appartement, il allait perdre la tête. Il n'avait plus qu'une envie :

sentir sa peau laiteuse sous ses mains et la posséder. Sans plus attendre.

Pressant brièvement sa main, il sortit de la voiture et courut dans le vent et la pluie, s'abritant tant bien que mal sous sa veste. Puis il ouvrit sa portière.

— Je n'aurai plus besoin de vous ce soir, José.

Il n'avait pas besoin d'écouter la réponse de son chauffeur. Ce dernier lui avait adressé un sourire entendu.

Alyse avait l'impression de voyager comme une aveugle. Sous la pluie battante, tout était flou, autour d'elle. Elle ne voyait rien, ne reconnaissait rien. Elle savait pourtant qu'elle avait traversé un hall entièrement revêtu de marbre, et qu'ils attendaient maintenant l'ascenseur.

Heureusement qu'il la tenait de son bras puissant…

La chaleur de Dario irradiait tout son corps et lui faisait oublier les craintes qu'elle avait pu nourrir dans la voiture. Désormais, elle n'avait plus envie de réfléchir, mais seulement de savourer chaque seconde, chaque sensation.

— Alyse…, lui dit-il d'une voix douce.

Elle leva la tête et plongea dans son regard. Elle était comme hypnotisée, incapable de détourner les yeux. Lorsqu'elle vit les siens descendre vers ses lèvres, elle entrouvrit la bouche sans réfléchir.

Doucement, délicatement, il posa les lèvres sur les siennes. Son baiser était chaud, lent, séducteur. Sous le charme, elle se dressa sur la pointe des pieds et passa les bras autour de son cou, penchant la tête pour lui faciliter les choses.

De son bras puissant, il la plaqua un peu plus contre lui. Ses longs doigts experts se glissèrent dans son cou pour la caresser, et elle frissonna de plaisir. Son rythme cardiaque s'accéléra, comme son sang dans ses veines.

Il éprouvait un désir identique, elle le savait. Elle le

devinait au renflement impressionnant de sa braguette, mais aussi aux gémissements qu'il émit entre deux baisers, avant de reprendre possession de sa bouche avec encore plus de force, plus d'avidité.

— Dario…

Elle s'interrompit, même si elle ne voulait pas arrêter de l'embrasser. Les sensations étaient trop fortes, elles vrillaient littéralement tous ses sens.

L'ascenseur allait-il enfin parvenir à destination ? L'attente était en train de la tuer à petit feu. Elle aspirait de tout son corps à un endroit où ils pourraient enfin être seuls. En même temps, elle n'avait pas envie que l'instant s'achève. Elle voulait l'embrasser, encore et encore, se lover contre lui, encore et encore. Elle voulait oublier la réalité.

La cabine s'immobilisa enfin et elle vacilla tandis que les portes s'ouvraient.

— Nous sommes arrivés.

Sans la lâcher, sans desserrer son étreinte, il sortit des clés de sa poche et ouvrit la porte.

L'appartement était plongé dans l'obscurité. Malgré tout, elle devinait qu'il était immense. Aucune lampe n'était allumée. Les seules lumières provenaient de la ville, à travers les baies vitrées. Au loin, elle apercevait d'ailleurs le ruban argenté du fleuve serpentant entre les immeubles sombres.

Dario jeta sa veste sur le canapé et se tourna vers elle.

— Viens ici, murmura-t-il d'une voix rauque, à l'accent soudain plus marqué. J'attends… J'ai envie de faire cela depuis le moment où je t'ai vue.

Il posa ses mains puissantes sur ses épaules, l'agrippa un peu brusquement, mais cela lui importait peu. Tout ce qui comptait, c'était de sentir ses lèvres sensuelles sur les siennes et sur sa peau, son torse puissant s'écraser contre ses seins, sa chaleur masculine irradier en elle, sa virilité durcir tout contre sa cuisse. Elle était en feu.

30

— Je... Oui...

Elle ne pouvait pas prononcer d'autres mots. Elle se contenta donc de respirer avant qu'il reprenne possession de sa bouche.

Il referma les mains sur ses bras et l'entraîna vers le canapé. Lorsqu'il la souleva, elle se débarrassa de ses chaussures. Sans jamais cesser de l'embrasser, il trouva la fermeture Eclair de sa robe et la fit glisser. Sans sa robe, elle se sentait plus libre. Plus rien ne pouvait entraver son désir. Un désir si fort que ses seins en étaient douloureux. Elle voulait qu'il les caresse, qu'il les empoigne, qu'il les prenne en coupe.

Il promena les mains le long de son corps en feu et elle laissa échapper des soupirs de plaisir pour l'encourager. C'était délicieux, mais elle en voulait bien plus.

Sans s'en rendre compte, elle se retrouva soudain sur le dos, la peau nue contre le cuir. Dario était positionné au-dessus d'elle, la dominant.

Il glissa une jambe entre ses cuisses pour les écarter. Il l'appuya, caressant son intimité en feu, et elle se mordit la lèvre pour réprimer un cri. Vite, qu'il la débarrasse de sa culotte...

— Dario...

Il fallait qu'il la caresse, sans plus attendre. Elle voulait sentir ses mains sur elle. En même temps, elle voulait le caresser. Toucher sa peau brûlante, la goûter, la découvrir.

— J'ai envie. J'ai...

Elle s'interrompit en entendant un bruit. Quelqu'un était en train de frapper à la porte.

Dario se figea lui aussi et releva lentement la tête. Il se tourna légèrement vers la porte.

— Qui est-ce ? lui demanda-t-elle à voix basse.

Il posa un doigt sur sa bouche pour lui demander de ne pas faire de bruit. Qui donc avait l'audace d'interrompre leur moment d'intimité ?

— Olivero ! Ouvre cette porte. Ouvre-la tout de suite !

Dario baissa lentement les yeux vers elle, puis se tourna de nouveau vers la porte.

— Ouvre la porte, salaud ! Je sais que tu es ici, avec Alyse.

— Non !

Elle n'avait pas voulu crier, mais elle avait paniqué en reconnaissant la voix, et surtout le ton menaçant qu'elle avait entendu quelques heures plus tôt.

— Olivero, espèce de lâche ! Tu n'as même pas le courage de me faire face.

— Dario… Non.

Son cri disparut sous les tambourinements contre la porte. Elle tenta en vain d'arrêter Dario. Il était déjà en train de se relever. Apparemment, la dernière insulte avait été de trop.

Sans même prendre le temps de lisser sa chemise ou de se recoiffer, il se dirigea vers la porte et l'ouvrit d'un geste rageur.

— Alors ?

Le silence s'installa, au point qu'elle en eut la chair de poule.

Du canapé, elle pouvait voir la porte et l'homme qui se tenait de l'autre côté. Elle ne s'était pas trompée. Les cheveux clairs, les yeux bleus perçants : il s'agissait bel et bien de Marcus Kavanaugh.

Mais que faisait-il ici ? Et comment…

Il les avait vus quitter l'hôtel et s'éloigner en voiture, certes, mais comment avait-il su où les trouver ? De toute évidence, il avait su dès le départ où ils se rendaient.

— Alyse…

Marcus se tourna vers elle, et elle s'obligea à se relever. Elle avait certes voulu qu'il comprenne qu'elle n'était pas intéressée, mais pas de cette façon.

— Que fais-tu ici ? lui cria-t-il.

— Tu me poses la question ? Cela me paraît pourtant évident…

Le regard furieux de Marcus était une chose, le rire ironique de Dario en était une autre, bien pire. Qu'avait-elle fait ? Elle était à moitié nue, sur le canapé, décoiffée. Il l'avait vue les jambes écartées…

Le rouge lui monta aux joues et elle se rhabilla tant bien que mal pour retrouver une apparence à peu près normale. Mais elle tremblait tellement qu'elle n'arrivait pas à remonter la fermeture Eclair. D'un regard, elle tenta de demander de l'aide à Dario, mais il ne réagit pas.

Soit il ne comprenait pas, soit…

Un sentiment de nausée l'envahit soudain. Etait-il possible que Dario sache ce qui la troublait mais n'ait aucune intention de l'aider ? Apparemment, c'était le cas. Il la regardait à peine. Il semblait bien plus intéressé par son adversaire.

— Je… Ce n'est pas ce que tu penses, Marcus…

Elle bafouilla lorsqu'elle vit comment Dario se retournait et lui lançait un regard dédaigneux, comme s'il n'arrivait pas à croire qu'elle eût prononcé des mots aussi stupides. A vrai dire, elle n'arrivait pas à le croire non plus. Pour Marcus, il n'y avait qu'une interprétation possible de la scène et il n'y avait aucune erreur possible. En plus, c'était l'impression qu'elle avait voulu lui donner au départ, mais tout cela, c'était avant. Avant qu'il débarque ainsi chez Dario, et avant qu'elle ait l'impression que Dario la repoussait.

— Et à quoi d'autre pourrais-je penser ? lança Marcus d'un ton menaçant. A moins que tu ne veuilles me faire croire qu'il t'a forcée.

— Je… Il… Non, ce n'est pas du tout ce que j'essaie de dire.

Jamais elle ne proférerait un tel mensonge, même pour se sortir d'une situation déshonorante. Si seulement Dario voulait bien dire quelque chose, n'importe quoi, pour rompre la tension entre eux ! Mais il ne bougeait pas, figé sur place, les bras croisés, le regard sérieux, observant la scène qui se jouait devant lui.

— Cela ne m'étonnerait pourtant pas de sa part…, reprit Marcus. Un homme avec sa réputation.

Sa réputation ? Marcus savait-il quelque chose à propos de Dario ? En savait-il plus qu'elle ?

— Elevé dans le caniveau, poursuivit-il, par une femme qui se donnait à n'importe quel homme en échange de…

Un seul froncement de sourcils de la part de Dario suffit pour que Marcus s'arrête net. Apparemment, il ne pensait pas qu'il était raisonnable de provoquer davantage Dario, même s'il en mourait d'envie.

Les jambes d'Alyse commencèrent à vaciller.

Et dire que c'était son projet le plus cher, que Marcus la voie avec un autre homme !

Au départ, elle trouvait son plan parfait. Elle allait lui donner l'impression qu'elle fréquentait un autre homme, voire qu'elle couchait avec lui, et il cesserait aussitôt de la poursuivre de ses assiduités. Mais maintenant qu'elle se trouvait dans cette situation, avec Marcus qui l'avait trouvée dans une situation bien plus compromettante que ce qu'elle avait imaginé, elle le regrettait. Marcus avait l'air dégoûté et en colère, mais il ne semblait pas prêt à renoncer.

Quant à Dario…

Elle jeta un coup d'œil vers l'homme ténébreux qui l'avait fait fantasmer. Elle pouvait presque voir des étincelles de haine dans son regard. Il semblait prêt à passer à l'attaque.

Renonçant à fermer sa robe, elle croisa les bras pour la faire tenir.

— Peu importe ma réputation, répondit enfin Dario. J'ai l'impression que cela n'intéresse pas Alyse, *mi caro fratello.*

Mi… Quoi ? Elle n'avait pas dû bien entendre. Il ne

pouvait pas avoir dit que… Elle était en train de perdre la tête.

Quoi qu'il ait dit, le ton avait été volontairement provocateur, à voir Marcus blêmir.

— Marcus…

Elle n'avait pas envie que ces deux hommes en viennent aux mains. Elle ne comprenait pas quel était le véritable problème, qui allait manifestement au-delà de sa présence.

— Ecoute, commença-t-elle, je suis désolée si tu es fâché, mais je n'ai jamais dit…

Marcus n'écoutait pas. Toute son attention se concentrait sur Dario.

Ce dernier était-il en train d'esquisser un sourire ? Non, elle avait dû rêver.

— Je pourrais te tuer…

Marcus avait prononcé cette menace d'un ton froid.

Elle paniqua et mit la main devant sa bouche pour réprimer un cri, oubliant qu'elle tenait sa robe.

— Marcus ! s'exclama-t-elle. J'ai essayé de te dire qu'il n'y avait aucun avenir possible entre nous. Je pensais…

— Tu pensais me donner une leçon ?

— Non… Je…

Elle n'avait plus la force de parler. C'était pourtant exactement ce qu'elle avait voulu faire : le convaincre qu'elle n'était pas une femme pour lui, lui faire comprendre qu'elle n'était pas intéressée par sa demande en mariage.

— Tu as voulu me narguer.

Il la dévisagea d'un regard qui lui fit l'effet d'un jet d'acide.

Mal à l'aise, elle baissa les yeux et blêmit.

Il avait dû voir que ses seins étaient humides et portaient la trace des baisers de Dario.

— Non…

Elle n'arrivait décidément plus à parler.

Dario continuait à l'ignorer.

Elle repensa à ce qui s'était passé dans la voiture, lorsqu'elle s'était retournée et avait vu Marcus les suivre du regard. Elle avait esquissé un sourire, que Dario avait forcément vu.

Pensait-il qu'elle avait voulu que ce moment arrive ?

— Tu n'aurais pas pu mieux tomber, Alyse, reprit Marcus. Tu devais savoir qu'il n'y avait qu'une chose qui pouvait me dégoûter de toi, c'est la vision de toi entre les bras de mon bâtard de frère. De mon salaud de frère.

3.

Mon salaud de frère…

Cette fois, elle ne pouvait plus avoir le moindre doute sur ce qu'elle avait entendu. Un peu plus tôt, elle n'était pas certaine. *Mi caro fratello…* A présent, plus aucun doute n'était permis.

Pourtant, ce n'était pas possible. Marcus était un véritable Anglais à la peau pâle et aux cheveux clairs. Il n'avait rien de commun avec Dario, l'Italien typique, avec sa peau dorée et sa chevelure noir corbeau. Les yeux bleus étaient le seul trait que partageaient les deux hommes.

Mon salaud de frère…

— Je devrais dire « demi-frère », pour être plus précis, poursuivit Marcus. Mais je maintiens le mot « salaud ».

En la regardant, Dario se dit qu'Alyse n'était manifestement pas au courant. La confusion qu'il lisait sur son beau visage semblait sincère. Apparemment, elle n'avait pas entendu parler de l'histoire qui avait pourtant fait la une des journaux à scandale, quelques années plus tôt, lorsqu'il était arrivé chez les Kavanaugh pour se faire connaître de sa famille, comme le lui avait demandé sa mère dans ses dernières volontés.

Non, c'était impossible… Le père de lady Alyse Gregory était l'employé de Kavanaugh. Elle devait donc forcément être au courant.

— Je…

Son regard couleur émeraude passa de son visage à

celui de Marcus. Il n'y lisait que de la confusion et de la perplexité. Si, elle était bel et bien sincère. Ce qui signifiait que ce n'était pas en raison de son identité qu'elle l'avait choisi. N'importe quel homme aurait pu faire l'affaire.

Aurait-elle été jusqu'au bout, s'ils n'avaient pas été interrompus ? Ou bien avait-elle tout calculé, afin qu'ils puissent être pris en flagrant délit avant de passer aux choses sérieuses ?

— Si j'étais une femme, c'est le dernier homme que je voudrais séduire ! lança Marcus.

Son demi-frère était rouge de colère.

Dario éprouvait une certaine admiration pour la façon dont Alyse redressait fièrement la tête et refusait de baisser les yeux. Elle se comportait en véritable aristocrate. Elle était donc la femme parfaite pour donner naissance aux petits-enfants de Henry Kavanaugh.

— Je n'appartiens à personne ! cria-t-elle à Marcus. Et si tu m'avais écoutée lorsque je t'affirmais que je n'avais aucune intention de t'épouser, je n'aurais pas été forcée de…

Son élan d'indignation s'arrêta net, et elle se tourna vers lui. Son regard semblait soudain empli de doute, comme si elle comprenait qu'elle se trouvait dans une mauvaise passe, et qu'elle le suppliait de l'aider.

Elle attendait qu'il vienne à son secours et confirme sa version de l'histoire ? Elle risquait d'être déçue !

— Je n'aurais pas eu à…, reprit-elle.

Il préférait cette nouvelle version, une version dans laquelle elle ne parlait pas d'obligation. Malgré tout, il allait lui en falloir davantage pour oublier sa mauvaise humeur. Mieux valait sans doute rester à l'écart et attendre qu'elle décide vers quel homme se tourner.

— Tu le regretteras.

Le ton de Marcus était de plus en plus dur et menaçant.

— Je le regrette déjà.

Lady Alyse Gregory regrettait ses actes ? Elle regrettait de n'avoir pu garder le contrôle de soi, maintenant qu'elle avait découvert qu'elle s'était jetée dans les bras d'un bâtard italien ?

Marcus le fixait avec un regard triomphant.

— Tu regrettes, dis-tu ? Alors viens tout de suite avec moi, et nous oublierons tout de cet incident.

Mauvaise idée, mon frère, songea-t-il. Il ne connaissait pas Alyse depuis longtemps, mais il était sûr d'une chose : elle n'était pas le genre de femme à obéir au doigt et à l'œil. Il ne manquait plus qu'il claque des doigts pour la faire venir ! Alyse Gregory était manifestement une femme libre.

Une femme qui les fixait tous les deux, bouche serrée, visage fermé.

— Non, répondit-elle enfin.

Alyse songeait que si elle avait pu elle aurait quitté les lieux sans un regard pour les deux hommes.

Ils étaient vraiment frères ? En voilà une surprise… En tout cas, elle n'avait pas l'intention de se mêler de leurs affaires.

Le problème, c'était que si elle partait Marcus penserait qu'il avait gagné, ce qu'elle refusait absolument. Et il lui faudrait alors trouver une autre façon de lui faire comprendre qu'elle refusait de devenir sa femme.

— Non, répéta-t-elle.

Sa voix était moins forte qu'elle aurait voulu, hélas.

— Alyse…

— Elle a dit non, intervint Dario.

Vu son attitude quelques instants plus tôt, elle ne s'attendait pas à ce qu'il prenne son parti.

— Tu as perdu, poursuivit-il.

Tu as perdu ?

Cette phrase lui donna l'impression d'être un os que se seraient disputé deux chiens enragés.

Pour qui la prenait-il ? Pour un trophée ?

Elle allait le laisser se débarrasser de Marcus et, ensuite, elle lui ferait payer ces mots. Il était hors de question qu'on la traite d'une façon aussi méprisante.

Dario commença à refermer la porte.

— Bonne nuit, Marcus, lança-t-il.

— Tu vas le regretter.

La voix était encore plus menaçante qu'auparavant, presque sombre et effrayante.

— Tu...

— Bonne nuit, Marcus, répéta Dario.

Puis il poussa un peu plus la porte, empêchant Alyse de voir le visage de Marcus. Elle retint son souffle. Que ferait-elle s'il refusait de partir ? Devrait-elle appeler la police ? Elle commençait à se sentir un peu effrayée par le tour que prenaient les événements.

Comment réagirait son père si elle était impliquée dans un scandale ? Il lui avait demandé, il l'avait suppliée, même, de ne pas froisser les Kavanaugh, et d'épargner le nom de sa famille. Un scandale risquerait de détruire sa mère, qui venait de sombrer dans une nouvelle dépression.

C'était pour cette raison qu'elle avait échafaudé son plan.

Malheureusement, rien n'avait fonctionné comme elle le souhaitait.

— Va au diable, Olivero ! hurla Marcus avant de s'éloigner.

— Enfin !

Dario claqua la porte et se retourna, un sourire de satisfaction aux lèvres.

— Je crois que nous sommes enfin débarrassés de cet énergumène.

Elle ne répondit pas.

Elle était trop occupée à fermer sa robe. Une fois qu'elle l'aurait fait, elle pourrait réfléchir calmement, et peut-être répondre.

— Alors, où en étions-nous ?

Elle releva la tête. Elle ne l'avait pas vu s'approcher, car il avait été aussi discret qu'un chat. Elle sursauta lorsqu'il lui caressa la joue.

— Pourquoi réagis-tu ainsi ?

— Tu me poses la question ? Tu crois que… que nous pouvons reprendre là où nous avons été interrompus ?

— Pourquoi pas ? Rien n'a changé, fit-il remarquer d'un ton sincèrement étonné.

— Tu…

Elle s'interrompit pour tenter de ravaler la colère qui était en train de la gagner.

— Tu as le culot de penser que rien n'a changé ?

— Le culot ? Il n'est pas question de culot. Nous savons tous les deux pourquoi tu es venue ici. Du moins nous le savions avant que Marcus nous interrompe. Mais maintenant qu'il est parti…

Maintenant qu'il était parti, l'appétit de sensualité qu'elle éprouvait quelques instants plus tôt avait disparu. Elle se sentait simplement déçue. Pourquoi ne comprenait-il pas que son humeur avait changé après l'apparition de son frère ? Il ne se rendait pas compte qu'ils s'étaient affrontés autour d'elle comme deux chiffonniers, et que cela n'avait rien de flatteur ?

A la déception s'ajoutait le sentiment d'avoir été offensée. Un peu plus tôt, Dario l'avait traitée avec révérence, comme si elle était une princesse. Ses caresses divines l'avaient séduite, ses baisers délicieux l'avaient envoûtée. Et surtout, entre ses bras, elle s'était sentie belle, désirable, unique. Mais c'était avant, avant qu'elle se retrouve au milieu de cette guerre fratricide. Quelle était la cause de ce conflit, elle l'ignorait. En tout cas, les deux hommes se détestaient, c'était plus qu'évident. Ils semblaient même prêts à tout pour gagner.

Hors de question que Dario Olivero se serve d'elle pour marquer des points.

— C'est terminé, dit-elle en s'éloignant de lui.

Jamais elle ne lui montrerait qu'il l'avait blessée.

Lorsqu'il effleura son épaule, elle se retourna et le fixa droit dans les yeux. Elle avait été tellement sous le charme, quelques instants plus tôt, qu'elle ne s'était pas aperçue qu'il avait le même regard que Marcus.

— Que se passe-t-il ?

Il lui posait la question ? Vraiment ?

— Tu n'as pas compris ? demanda-t-elle, irritée. Le moment que nous avons partagé n'était pas la réalité. Nous nous sommes juste amusés.

— Amusés ?

Soudain inquiète, elle recula. Il avait prononcé le mot d'un ton presque menaçant.

Il ne fit pas un mouvement. Son corps puissant semblait s'être transformé en statue.

— Tu as l'habitude d'utiliser les gens pour t'amuser, toi ? lui demanda-t-il au bout d'un moment.

— Je n'ai pas…

Le courage l'abandonna aussitôt, et elle se tut. Elle n'avait pas utilisé Dario, en tout cas pas de la façon dont il le sous-entendait. Certes, elle avait eu une idée stupide, lorsqu'elle avait voulu que Marcus la voie dans les bras d'un autre homme. Mais cela voulait-il dire qu'elle l'avait utilisé ou qu'elle avait joué avec lui ? Non, en aucun cas. Tel n'était pas son objectif, lorsqu'elle avait croisé son regard de l'autre côté de la salle de bal.

— Tu es donc en train de dire que tu m'as vu pour la première fois ce soir, et que tu es instantanément tombée sous mon charme ?

Il semblait en douter.

C'était pourtant bien le cas. Néanmoins, elle n'allait certainement pas l'admettre à voix haute. Vu l'arrogance dont il était capable, il était hors de question de lui montrer l'effet qu'il exerçait sur elle.

En fait, toute volonté d'utiliser un homme avait disparu au moment où elle avait fait sa connaissance. Elle avait oublié son plan en même temps qu'elle avait perdu la tête et abandonné sa retenue habituelle. Et dire qu'elle avait pensé qu'il éprouvait la même chose qu'elle... Comment pouvait-il s'être transformé en un homme au regard si froid, alors que, quelques instants plus tôt, il s'était montré avide et passionné ?

Et lui ? Savait-il dès le départ qui elle était ? Avait-il prévu de faire sa connaissance ? Avait-il tout calculé ? Maintenant qu'elle y pensait, elle l'avait vu réagir, lorsqu'elle lui avait dit son nom.

Oui, il savait de toute évidence qui elle était. Et il était visiblement au courant, pour Marcus.

— Je veux rentrer chez moi, déclara-t-elle.

Elle regarda autour d'elle, à la recherche de la pochette qu'elle avait posée en entrant dans l'appartement, avant que Dario la prenne dans ses bras.

— Je veux rentrer chez moi, répéta-t-elle.

— D'accord, répondit-il après quelques secondes de silence.

Il se contenta de hausser les épaules, comme si son sort lui importait peu. Si elle avait espéré qu'il s'opposerait à sa décision, qu'il tenterait de lui faire changer d'avis, elle s'était trompée.

Il s'éloigna et tendit un bras.

— La porte est par ici.

Voilà, tout était terminé.

Elle attrapa sa pochette, puis ses chaussures. A la simple idée de coincer ses pieds dans ses talons aiguilles, les larmes lui montèrent aux yeux. Quelle idiote elle était !

Elle ne savait même pas où ils se trouvaient. Elle avait été trop occupée à embrasser Dario pour accorder une quelconque attention à l'itinéraire.

— Comment est-ce que je vais...

Il ne la laissa pas terminer sa question.

— Demande au concierge d'appeler un taxi et de le mettre sur mon compte.

Il n'avait pas réussi à obtenir d'elle ce qu'il désirait, et dès lors, elle ne l'intéressait plus.

— Tu te comportes toujours de cette façon, lors de tes rendez-vous galants ? demanda-t-elle.

Il tourna son regard perçant vers elle. Au bout de quelques interminables secondes, il leva une main.

— Premièrement, il ne s'agissait pas d'un rendez-vous galant. Juste d'une rencontre. Et deuxièmement, tu n'as jamais été à moi.

Il n'ajouta pas : « Dieu merci », mais visiblement, il s'était retenu. Elle pouvait le lire dans la froideur de son regard.

— Maintenant, si cela ne te dérange pas de partir, j'ai pas mal de choses à faire.

Pour le lui faire bien comprendre, il ouvrit l'ordinateur posé sur la table basse et se concentra sur l'écran.

Sans un mot, elle sortit de l'appartement.

Elle l'avait échappé belle.

Elle avait en effet aperçu des lueurs dangereuses dans son regard. Maintenant, il ne lui restait qu'à espérer que Marcus ne se cachait pas dans les environs. Sa colère l'avait moins effrayée, cependant, que le regard noir et glacial lancé par Dario.

Dario... Le demi-frère de Marcus !

Elle n'en revenait toujours pas. Comment, dans un bal réunissant des centaines d'invités, avait-elle pu tomber sur la seule personne qui pouvait transformer son rêve en cauchemar ?

Les jambes faibles, tremblant de tout son long, elle s'appuya sur la rampe de l'escalier.

Elle avait pu s'enfuir à temps, et convaincre Marcus qu'il serait vain de continuer à la poursuivre. Mais qu'avait-elle gagné dans cette histoire ?

4.

Alyse sursauta.

Qui sonnait à la porte ?

Elle n'attendait pas de visite. Elle attendait simplement le retour de son père, car sa mère le réclamait sans cesse, et devenait de plus en plus angoissée à mesure que les minutes passaient.

De toute façon, son père n'aurait pas utilisé la sonnette, puisqu'il avait une clé. Quant à Rose et Lucy, ses meilleures amies, elles ne pouvaient pas venir lui rendre visite : elles étaient au ski, et Alyse aurait normalement dû partager ces vacances avec elles. Hélas, la dépression dont souffrait sa mère était si sévère qu'elle n'avait eu d'autre choix que de laisser son emploi et d'oublier ses vacances, afin de prendre soin d'elle vingt-quatre heures sur vingt-quatre.

Il ne pouvait pas s'agir de Marcus. Après leur malencontreuse rencontre chez Dario, il semblait avoir enfin compris le message. Il n'était pas venu chez ses parents depuis un moment, alors qu'auparavant, il n'hésitait pas à y passer tous les jours.

Peut-être pouvait-elle ignorer le visiteur.

Elle ne bougea pas.

Avec un peu de chance, il ne la verrait pas par la fenêtre et finirait par se lasser.

Raté. Il sonna une nouvelle fois.

S'il continuait, il allait réveiller sa mère, et celle-ci

descendrait. Alyse n'avait pas le choix : elle allait devoir ouvrir.

Pitié, qu'elle se soit trompée et qu'il ne s'agisse pas de Marcus…

D'un autre côté, si c'était le cas, en la voyant avec les cheveux en désordre et son T-shirt froissé, il prendrait peut-être peur. Elle était tout sauf séduisante, aujourd'hui.

La sonnerie retentit une nouvelle fois.

— C'est bon, j'arrive…

Lorsqu'elle ouvrit, elle se figea, horrifiée, en reconnaissant l'homme ténébreux qui se tenait devant elle.

— Toi !

Dario Olivero était bien moins chic que l'autre soir. Aujourd'hui, il portait un jean, un T-shirt et une veste de cuir, une tenue banale qui mettait néanmoins en valeur la puissance de sa musculature et la perfection de son corps. Sous le doux soleil de ce début de printemps, sa peau bronzée resplendissait.

Il était encore plus beau qu'au bal.

— Oui, moi.

L'espace d'un instant, il ne la reconnut pas.

Lorsque la porte s'était ouverte, il avait d'abord cru qu'il s'agissait d'une domestique. Elle avait en effet remplacé sa somptueuse robe de soie bleue par un simple T-shirt, et troqué ses talons aiguilles contre des ballerines usées. Sans maquillage, les cheveux détachés, elle paraissait bien plus jeune que ses vingt-trois ans.

Depuis deux jours, il s'était répété qu'il devait impérativement l'oublier. Ne plus penser à cette femme qui avait cru pouvoir se servir de lui pour se débarrasser de son demi-frère.

En vain.

Aujourd'hui, face à cette Alyse si différente, il comprenait enfin pourquoi la femme du bal avait hanté ses pensées, tourmenté ses nuits, réveillé ses fantasmes les plus secrets. Il avait eu beau se répéter qu'il ne voulait plus rien avoir à faire avec cette femme qui avait voulu rendre son frère jaloux, impossible de l'oublier. Jamais il ne pourrait y parvenir, elle l'avait littéralement ensorcelé.

C'était pour cette raison qu'il était venu jusqu'à elle, aujourd'hui.

Depuis quarante-huit heures, beaucoup d'eau avait coulé sous les ponts. Deux jours plus tôt, empêcher son demi-frère d'épouser Alyse aurait suffi à sa satisfaction. Mais, depuis, il avait appris bien des choses. Et l'arrivée d'une lettre à laquelle il ne s'attendait pas, la première et la seule qu'il eût jamais reçue de son père, n'avait fait qu'ajouter à sa confusion.

L'ampleur des manipulations de son frère ne l'avait pas surpris. Il connaissait bien Marcus. En revanche, il ne s'était pas attendu à l'intervention de son père.

Il s'était juré de ne jamais plus laisser les projets de Marcus aboutir. Il avait également fait un autre vœu : celui de respecter la promesse faite à sa mère des années plus tôt. Une promesse qu'elle lui avait arrachée sur son lit de mort : tenter de se réconcilier avec son père, même si c'était difficile.

Si cette promesse lui offrait l'occasion de revoir la belle Alyse Gregory, pourquoi hésiter ?

— Que fais-tu ici ? demanda-t-elle d'une petite voix.

Elle était tellement surprise qu'elle manquait soudain de souffle et de force.

Dario sourit, ou du moins esquissa un semblant de sourire, qui releva les coins de sa bouche.

— Bonjour à toi aussi, et merci pour ton accueil.

— Tu n'es pas le bienvenu ici.

Elle ne se serait guère sentie mieux si elle avait ouvert la porte à un tigre en chasse. Sa nervosité était à son comble, son cœur battait à toute allure dans sa poitrine. Malheureusement, elle ne parvenait pas à le ralentir.

— Très bien, dit-il simplement.

Puis il se retourna et commença à remonter l'allée vers la puissante voiture noire qui l'attendait.

C'était mieux ainsi.

Mais alors, pourquoi ne parvenait-elle pas à se réjouir ? Pourquoi avait-elle le ventre noué, tout à coup ? Etait-elle en train de manquer quelque chose ? Faisait-elle une erreur en le repoussant ?

Après tout, il avait dû venir ici pour une raison précise. Sans compter qu'il n'était pas le genre d'homme à renoncer aussi facilement.

— Attends…

Comme s'il ne l'avait pas entendue, il continua à avancer. Au bout de quelques secondes, il s'arrêta néanmoins et jeta un coup d'œil par-dessus son épaule.

— Pourquoi es-tu ici ?

— Je suis venu te rendre quelque chose qui t'appartient.

— De quoi s'agit-il ?

Il finit par se retourner, toujours aussi lentement. Il jouait de toute évidence avec ses nerfs.

— Veux-tu que nous nous en occupions ici, dehors ?

— Non. Tu peux entrer.

Aussitôt, il la rejoignit.

Si seulement elle avait pu ne pas sentir chacun de ses mouvements dans sa chair… Si seulement ses sens ne s'étaient pas affolés à chaque pas qu'il faisait dans sa direction…

C'était un vœu pieux, hélas.

Dès qu'il pénétra dans la maison, l'atmosphère se chargea d'électricité. Tout à coup, il fit plus chaud, comme s'il avait apporté un peu de la douceur du soleil avec lui.

Lorsqu'il claqua la porte derrière lui, elle ne put réprimer un sursaut.

Elle se retourna pour lui faire face.

— Qu'es-tu venu me rendre ?

Il esquissa un sourire malicieux.

— Un café ne serait pas de refus.

— Il y a un bar au bout de la rue, pour cela.

Il ne répondit pas, ne bougea pas non plus. Il jeta juste un coup d'œil en direction de la cuisine, dont la porte était restée entrouverte. De l'endroit où il était, il voyait forcément la cafetière. Une cafetière remplie, puisqu'elle venait de se préparer un café lorsqu'il avait sonné.

— Bon. Un seul café, alors, dit-elle, agacée.

Elle poussa la porte menant à la cuisine. Elle ne souhaitait qu'une chose : qu'il s'éloigne un peu d'elle. Dario Olivero était si charismatique qu'il pouvait remplir une pièce simplement en y pénétrant. Sans compter son parfum musqué et enivrant, et ses incroyables prunelles bleues qui l'ensorcelaient à chaque coup d'œil.

— Un seul café, répéta-t-elle.

S'adressait-elle à Dario ou se parlait-elle à elle-même, pour tenter de se convaincre ?

En tout cas, si c'était à Dario qu'elle s'était adressée, ses mots n'avaient eu aucun effet, car lorsqu'elle entra dans la cuisine il la suivit, tel un tigre prêt à bondir sur sa proie.

Elle ouvrit un placard, attrapa deux tasses puis les posa sur le plan de travail. Elle empoigna ensuite la cafetière, manquant la renverser tellement ses mains tremblaient. Elle faisait son possible pour se maîtriser, mais elle n'en pouvait plus. Cet homme lui faisait perdre toute sa raison.

Reposant la cafetière, elle se tourna vers lui. Il se tenait juste derrière elle.

Et si elle posait les mains sur son torse musclé pour le repousser ? L'idée était tentante. Elle se retint néanmoins, car que se passerait-il si elle le touchait ? Si elle sentait sa chaleur à travers son T-shirt ? Elle n'en avait pas la moindre idée, mais préférait ne pas tenter le diable.

Elle s'agrippa au plan de travail pour tâcher de se maîtriser.

— Alors, tu as dit que tu avais quelque chose à me rendre ?

A vrai dire, elle ne le croyait pas. Il s'agissait sans doute d'une manœuvre de sa part.

— Voici.

Il glissa une main dans sa poche puis la ressortit et la tint ouverte devant lui afin qu'elle puisse voir l'objet, petit, doré, décoré d'une perle.

— Ma boucle d'oreille !

Elle avait porté ces boucles d'oreilles le soir du bal et, lorsqu'elle s'était déshabillée pour se coucher, elle s'était aperçue qu'il lui en manquait une.

— J'ai dû la laisser…

— Dans mon appartement.

Sa voix n'était pas triomphante. Elle était calme, douce, et aussitôt un voile de chaleur enveloppa Alyse. Malgré tout, elle n'avait pas encore le courage de le regarder dans les yeux. Elle reporta son attention sur la boucle d'oreille, toujours dans sa paume. Quelle idiote elle était ! L'espace d'un instant, elle avait cru qu'il était venu parce qu'il n'avait pas réussi à l'oublier, parce qu'il la désirait toujours et qu'il ne voulait pas se contenter d'une aventure d'un soir.

Elle était bien naïve !

Ses motifs étaient bien plus prosaïques. Il lui rapportait simplement un bijou qu'il avait dû trouver après son départ, chose qu'il aurait faite avec n'importe quelle femme.

Elle releva les yeux vers lui. Il la fixait avec attention, mais aussi avec… de l'amusement ? A moins que ce ne soient des lueurs de défi qu'elle apercevait. Sa main n'avait toujours pas bougé : elle était toujours ouverte, tendue entre eux.

Que faire ? Pour récupérer la boucle d'oreille, elle allait devoir le toucher, ou au moins effleurer sa peau brûlante.

— Merci.

Rien d'autre ne lui vint que ce mot banal.

Elle rassembla son courage et tendit la main pour tenter d'attraper la boucle d'oreille sans le toucher, mais elle tremblait tellement qu'elle fit retomber le bijou dans sa main.

— Je suis désolée.

Dario baissa les yeux pour réprimer le rire qui le tenaillait. Elle l'amusait, à faire tous ces efforts pour ne pas le toucher ni l'effleurer.

Qui essayait-elle de duper ? Elle avait senti l'éclair au premier regard échangé, l'autre soir, et il n'avait pas disparu, même si elle faisait son possible pour le nier. Cette alchimie était là, dans ses yeux, dans sa bouche, dans sa respiration bien trop rapide, dans ses joues rosies. S'il avait eu quelques doutes avant de venir, il n'en avait plus aucun, désormais.

Il mourait d'envie de capturer sa bouche sensuelle. Il se força néanmoins à se retenir. Il ne fallait surtout pas qu'elle remarque à quel point il avait du mal à se maîtriser. S'il effleurait ne fût-ce qu'une seconde cette bouche divine, ce serait suffisant pour lui faire perdre la tête. Il en voudrait aussitôt plus. Infiniment plus. Il rêverait de se blottir dans sa chaleur, de la posséder et...

Le danger était bien trop grand. Il ne pouvait bousculer les événements.

Certes, il désirait cette femme plus que tout, mais son désir n'était pas la seule raison de sa présence. Il ne s'agissait pas d'une simple manœuvre de séduction. Alyse était le moyen pour lui de remporter le combat contre son demi-frère, et peut-être même le moyen de se rapprocher de son père.

Lorsqu'il avait vu la réaction d'Alyse face à Marcus, il avait tout de suite compris. Elle était la personne dont il avait besoin.

— Ta boucle d'oreille, dit-il, esquissant un sourire amusé devant son hésitation.

Elle sembla se reprendre, lui adressant un regard de défi. Quand elle le regardait ainsi, il avait envie de la posséder tout de suite, ici et maintenant.

Jusqu'à présent, jamais il n'avait eu besoin d'attendre, avec les femmes. Mais cette fois, l'attente en valait la peine, il le savait.

— Mademoiselle Gregory...

Il approcha encore sa main pour l'encourager.

— Merci.

Son ton était froid, mais pas sa main. Son mouvement avait été raide, maladroit, mais sa main le brûla instantanément au point de contact. Ce semblant de caresse alluma une flamme de désir en lui.

Comme il avait envie de la serrer entre ses bras, de l'embrasser, encore et encore...

Mais il devait se retenir. Elle était comme un oiseau sauvage qui hésitait encore à venir picorer les miettes qu'il avait éparpillées au sol. Si ses mouvements étaient trop brusques, elle s'envolerait. Il lui fallait donc se montrer très prudent.

— Je t'en prie, répondit-il.

Il réprima un sourire en la voyant se détendre légèrement.

— Alors, ce café ? Je le prends noir, sans sucre.

— Oui...

Un café était la dernière chose qu'il désirait, mais pourquoi ne pas en profiter pour l'étudier attentivement ?

Il la dévora du regard, s'attarda sur sa jupe tendue sur ses fesses rondes, sur l'élégance de ses longues jambes. Comme il avait envie d'enfouir les mains dans ses cheveux soyeux !

Pour se retenir, il les glissa dans ses poches et serra les poings.

— As-tu eu des nouvelles de Marcus ?

Cette question surprit à ce point Alyse qu'elle faillit

renverser la cafetière. Heureusement, elle lui tournait le dos. Au moins, dans cette position, elle pouvait essayer d'oublier l'attirance qu'elle éprouvait pour lui, elle pouvait tenter d'ignorer son regard brûlant. Jusqu'à présent, elle avait plutôt réussi à se contrôler, mais il avait suffi d'une question pour qu'elle perde de nouveau ses moyens.

— Non, aucune nouvelle.

Elle se concentra pour verser le café dans les tasses, mais elle se sentait terriblement nerveuse.

— Pourquoi aurais-je eu de ses nouvelles ? Il a dû comprendre le message, l'autre soir.

Pourquoi ne répondait-il pas ? Sa question l'avait déstabilisée, mais son silence la mettait encore plus mal à l'aise.

Sa tasse à la main, elle se retourna vers lui, impatiente d'obtenir une réponse à sa question.

— Tu ne crois pas qu'il a compris le message ? insista-t-elle.

Etait-il possible qu'il croie qu'elle n'était pas encore débarrassée de Marcus, comme elle l'espérait ? Après deux mois d'insistance, elle ne rêvait que d'une chose : retrouver sa vie d'avant. Il fallait que sa mère guérisse, et ensuite, tout irait pour le mieux.

— Je n'ai aucun doute sur le fait que Marcus a bien vu ce que tu voulais lui montrer. Mais si tu crois que tu as réussi à l'arrêter, je pense que tu fais erreur. Mon frère est un homme qui ne renonce jamais, s'il s'est fixé un objectif.

— Et cet objectif est…

Il tendit la main et prit la tasse qu'elle tenait maladroitement, mais ne but pas une seule gorgée.

— Toi, évidemment.

— Je… Lundi… Je… Nous lui avons pourtant montré que…

— Il en faut plus pour faire renoncer Marcus.

— Il ne peut pas me désirer à ce point, je n'y crois

pas. D'accord, il me fait la cour depuis quelque temps, mais ce n'est que ces dernières semaines qu'il est devenu particulièrement insistant.

C'était juste avant que sa mère retombe de nouveau dans la dépression. Ellen Gregory avait eu une de ces périodes euphoriques qui annoncent la chute. Elle était d'excellente humeur, elle sortait tous les soirs. Et tout à coup, elle s'était renfermée, elle avait sombré et, depuis, elle ne sortait plus de sa chambre, ne parlait plus à personne. Son père aussi avait changé, depuis cet épisode. Il était devenu plus silencieux et plus sombre.

C'était à peu près au même moment que Marcus avait commencé à devenir plus insistant, à l'appeler régulièrement. C'était aussi au même moment que son père avait commencé à l'encourager à accepter Marcus, du moins à ne pas le repousser.

Pourquoi était-il devenu soudain le meilleur allié de Marcus ? Elle essayait de se montrer aimable. Il s'agissait du fils du patron de son père, et elle ne voulait pas causer le moindre problème entre eux, mais Marcus avait vraiment dépassé les bornes. Quelques jours plus tôt, il avait même commencé à la menacer pour le cas où elle refuserait sa demande en mariage. Voilà pourquoi elle avait forgé son fameux plan.

Or, voilà que Dario était en train de lui expliquer que son demi-frère ne renoncerait jamais ?

— Non ! s'écria-t-elle en secouant la tête.

Il était hors de question d'être l'objet d'une guerre fratricide. Elle valait mieux que cela !

— C'est pourtant la vérité, je suis désolé.

Dario posa sa tasse de café sur le plan de travail, puis tendit la main vers elle. Elle se laissa entraîner vers l'entrée, jusqu'à ce qu'il l'immobilise devant le grand miroir.

— Regarde-toi.

Ces mots, prononcés d'une voix douce dans le creux

de son oreille, lui firent l'effet d'une caresse. Sous le charme, elle ferma les yeux et rassembla ses forces pour ne pas se laisser tomber entre ses bras, pour ne pas s'enivrer de son parfum puissant et s'abandonner.

Mais succomber à la tentation était bien trop dangereux. Elle devait rester ferme. Elle n'avait pas le choix.

Elle rouvrit les yeux.

— Je suis banale, pas très sophistiquée, constata-t-elle, ses yeux verts rivés dans ceux de Dario.

Elle ne voyait pas sa bouche, mais elle le sentit rire derrière elle.

— Tu espères que je vais te croire ? Es-tu en train de chercher les compliments ?

Il repoussa une mèche de cheveux derrière son oreille et, troublée par cette caresse, elle frissonna. Instantanément, comme par magie, tout son corps se mit à réagir, à palpiter, à vibrer de désir.

— Si c'est ce que tu attends, je peux te flatter. Est-ce de cette façon que Marcus tente de te séduire ? Est-ce en louant ta beauté, en te disant que tu fais chavirer son cœur ?

C'était plus ou moins le cas. Marcus lui avait bien dit qu'elle était belle et qu'il avait envie d'elle, mais c'était tout au début. Ces dernières semaines, il insistait simplement pour qu'elle l'épouse, sans lui faire le moindre compliment, sans prononcer le moindre mot doux. Il lui avait même expliqué qu'elle ne trouverait jamais meilleure offre que la sienne, et que ce serait un avantage pour elle d'accepter sa proposition.

Les déclarations de Marcus lui avaient toujours semblé froides, forcées et dénuées de sincérité. En revanche, elle avait envie de croire Dario. Elle avait envie de croire que les mots qu'il prononçait, et qu'il mettait sur le compte de la flatterie, étaient honnêtes.

— C'est ce que tu veux ? Est-ce qu'une telle flatterie te ferait plaisir ?

— Pas si ce n'est pas sincère !

Elle se retourna d'un mouvement brusque pour lui faire face, si vite qu'elle fit voler ses cheveux.

Lentement, il repoussa une autre mèche, laissant sa main s'attarder sur ses cheveux.

— Quelle est la véritable raison de ta présence ici ? reprit-elle.

Elle avait impérativement besoin de savoir.

Hélas, elle n'obtiendrait pas de réponse à sa question, elle le savait bien. Le visage de Dario était obstinément fermé.

— Demande à ton père, dit-il enfin.

— Quel est le rapport avec mon père ? C'est à toi que je pose la question. Que se passe-t-il entre toi et ton demi-frère ?

— Cela ne te regarde pas.

— Peut-être, mais depuis lundi, je suis mêlée à cette histoire. J'y suis mêlée malgré moi, car être impliquée dans votre guerre fratricide est la dernière chose que je désire.

Pourquoi hochait-il la tête ? Pourquoi la tourmentait-il ainsi ?

— C'est vrai, tu es impliquée, mais tu n'es pas la seule.

Sa gorge se serra. Pourquoi disait-il cela ? Elle se sentait tellement nerveuse, tellement angoissée qu'elle n'arrivait plus à respirer normalement. Elle se força néanmoins à prendre une profonde inspiration.

— Tu tournes autour du sujet depuis bien trop longtemps. J'en ai assez. Dis-moi les choses clairement. Tu dis que je suis impliquée dans ton conflit avec ton frère et que je ne suis pas la seule… Qui d'autre l'est ?

— Tout le monde. Toi, ton père, ta mère…

— Ma mère ?

L'inquiétude l'envahit aussitôt.

Elle repensa à sa mère, enfermée dans sa chambre, les rideaux tirés, tâchant de lutter contre les démons de la dépression. Y avait-il une autre raison à sa maladie, qu'elle ne connaissait pas ?

— Dis-moi la vérité. Parle et arrête tes menaces.

— Je ne menace personne. Seul Marcus te menace et menace tes parents. C'est lui qui tient l'avenir de ta famille entre ses mains. Ou du moins, c'est ce qu'il pense.

Il était en train de la rendre folle. Elle avait envie de crier, de le frapper avec ses poings pour le forcer à cesser de jouer au chat et à la souris. Au lieu de cela, elle prit une profonde inspiration pour tenter de se maîtriser.

— Dis-moi. Je veux savoir.

Dario passa les deux mains dans son épaisse chevelure noire. Il la dévisageait, comme s'il cherchait à savoir si elle était bel et bien prête à entendre la vérité.

— Ta mère a joué, au casino, et elle a perdu.

— Ce n'est pas possible ! Cela fait des semaines qu'elle n'est pas sortie de la maison.

Sans réfléchir, elle se tourna vers l'escalier et écouta, pour savoir si elle entendait des bruits à l'étage. Mais aucun bruit n'était perceptible. Elle n'avait d'ailleurs rien entendu de l'après-midi.

— Cela remonte à quelques mois déjà.

Cela s'était donc passé lorsque sa mère était euphorique, lorsqu'elle était convaincue que tout allait bien, et qu'elle était la reine du monde. Alyse ne put réprimer un frisson. Lorsqu'elle vivait de tels épisodes, sa mère n'avait plus aucune notion du danger.

— Combien a-t-elle perdu ?

Dario énonça une somme si importante que sa tête se mit à tourner.

— Nous n'avons aucun moyen de payer une telle somme !

Sa famille courait donc à la ruine.

Elle fixa Dario. Apparemment, il y avait encore autre chose, et ce n'était pas une bonne nouvelle.

— Continue. Quel est le rapport avec Marcus ?

— Il ne te l'a pas dit ?

Il laissa échapper un rire incrédule.

— Tu me surprends, poursuivit-il. Je ne le croyais pas capable d'autant de subtilité. Mais après tout, peut-être a-t-il appris à mieux cacher son jeu.

— Il...

Elle repensa à la journée précédant le bal. Marcus avait commencé à dire quelque chose. « Ton père désire ce mariage autant que moi. Même plus .»

— Mon père...

Sa voix était de plus en plus faible. Son père l'avait encouragée à fréquenter Marcus, à l'accueillir à la maison. Ensuite, il l'avait pressée de réfléchir à sa demande en mariage...

C'était un cauchemar ! La situation était bien pire qu'elle ne l'avait imaginé. Son père avait tenté d'aider sa femme en dérobant à son entreprise, l'entreprise Kavanaugh, l'argent dont elle avait besoin pour payer ses dettes.

— Papa... Comment a-t-il pu ?

Sa voix n'était plus qu'un murmure. Elle tremblait, et ses jambes la soutenaient à peine.

Voilà pourquoi son père lui avait paru si sombre, ces dernières semaines. Il avait essayé de sauver sa femme, mais n'avait fait qu'accroître un peu plus leurs problèmes. Il ne l'avait pas forcée à épouser Marcus, mais lui avait clairement fait savoir qu'il serait heureux si elle l'acceptait. Elle comprenait, à présent. Les Kavanaugh seraient moins enclins à poursuivre l'homme qui serait le beau-père de Marcus.

— Je comprends maintenant pourquoi il voulait que j'épouse Marcus...

Parce qu'elle ne connaissait pas toute l'histoire, elle avait pris un gros risque.

Je te le jure, tu le regretteras... Les mots de Marcus revinrent à son esprit. Elle avait cru pouvoir échapper à sa demande en mariage, mais elle ignorait ses véritables motivations, à ce moment. Elle ignorait qu'il possédait les moyens de la faire chanter.

Le choc était terrible.

— Tu étais au courant de toute l'histoire ? demanda-t-elle.

— Je la connais aujourd'hui.

Dario devinait facilement les raisons pour lesquelles Marcus voulait épouser Alyse. Son demi-frère avait tenté d'obtenir l'approbation de son père en liant la famille Kavanaugh aux Gregory. Une bru avec du sang noble, de futurs petits-enfants nobles. Ç'aurait été pour lui le moyen de faire du rêve de son père une réalité.

Il avait toujours su que son demi-frère était un triste individu, mais jamais il n'avait imaginé qu'il pût être capable de faire chanter une femme. Et dire que Marcus le traitait, lui, de salaud !

— Tu n'as pas pensé à me le dire, l'autre soir ? demanda-t-elle.

— Je n'étais pas encore au courant de tout. Et puis, tu aurais pu avoir envie d'épouser Marcus. Ce n'est que lorsque je t'ai vue avec lui que j'ai compris que ça ne te tentait pas.

— Alors, tu as décidé de me garder pour toi tout seul.

— Et toi, tu m'as utilisé pour tenter de te débarrasser de mon demi-frère.

— Après que tu m'as utilisée, toi, pour le rendre jaloux !

Il n'allait pas nier ce point. Rendre Marcus jaloux avait été son objectif. Lorsqu'il avait vu la possibilité de gagner un point sur Marcus, il n'avait pas hésité une seconde. C'était une maigre compensation, après toutes ces années passées à être traité comme un moins-que-rien.

Aujourd'hui, le destin lui offrait la chance de prendre un véritable avantage et de se faire enfin remarquer par son père. Le destin lui offrait aussi un moyen de mettre cette femme dans son lit, et dans ces conditions, il était hors de question d'hésiter.

— Chacun de nous a utilisé l'autre, déclara-t-elle.

Il se contenta de hausser les épaules pour toute réponse. Alyse se dit que c'était sans doute un moyen de lui faire comprendre qu'elle ne signifiait rien à ses yeux, qu'elle n'était qu'une arme qu'il pouvait utiliser contre son demi-frère.

— Dans ce cas, j'espère que tu t'es bien amusé.

— Pas autant que je l'espérais…

Les traits de son visage se transformèrent avant qu'il poursuive.

— Alyse…

— Quoi ?

Il attrapa brusquement sa main.

Sa boucle d'oreille s'échappa de sa main et tomba sur le carrelage du sol. Elle l'avait complètement oubliée.

Elle fixa sa main, où la pression de la boucle d'oreille avait fait sortir une petite goutte de sang.

— Zut ! dit-il.

— Laisse-moi…

Il attrapa sa main, puis sortit un mouchoir de sa poche et essuya la goutte de sang. Il referma ensuite sa main et la serra pour empêcher le saignement. Le contact de cette main était très doux.

Elle n'avait pas perdu beaucoup de sang et, pourtant, sa tête tournait un peu. Lorsqu'il se pencha vers elle, son parfum musqué l'enivra. Elle mourait d'envie de tendre l'autre main et d'effleurer sa peau. Il était si proche d'elle, désormais, qu'il entendait forcément les battements fous de son cœur.

— Dario…

Sa voix ne ressemblait plus qu'à un murmure. Elle n'avait plus aucune force.

— Alyse…

Il prononça doucement son prénom, et son rythme cardiaque s'emballa un peu plus. Malgré toutes ses bonnes résolutions, son attirance n'avait pas disparu.

Elle rêvait toujours de ses caresses, de sa bouche, de l'étreinte de ses bras. Elle voulait toujours le toucher, savourer la chaleur de sa peau.

— Alyse.

Elle entendit de nouveau son prénom, mais la voix était différente. Haut perchée, elle venait de l'étage de la maison.

— Alyse !

— Maman…

Elle se tourna pour prendre la direction de l'escalier, mais Dario la retint. Elle le regarda alors droit dans les yeux. Elle lisait du désir dans ses prunelles. Quoi qu'elle prétende, l'alchimie entre eux était loin d'avoir disparu.

— Je dois y aller… Ma mère a besoin de moi !

— Ne pars pas.

Savait-il l'effet qu'il lui faisait lorsqu'elle entendait sa voix ? Savait-il à quel point il lui faisait tourner la tête ? Mais elle devait impérativement s'occuper de sa mère.

— Je dois voir ce dont elle a besoin. M'occuper d'elle est la seule chose que je puisse faire. Pour le reste, je suis impuissante.

Elle ne voyait pas de réponse sur son beau visage. Ses yeux ne révélaient plus aucun sentiment.

— Je n'ai aucune arme pour m'opposer à Marcus, poursuivit-elle.

— Si, tu as une solution. Moi.

Lui ? Elle prit une profonde inspiration pour tenter de gagner du temps. Comment réagir ? Que faire ? Il ne pouvait pas vouloir dire que… Mais alors… Elle avait envie d'aller vers lui et, en même temps, elle avait peur. Que lui proposerait-il ?

De toute façon, son aide aurait forcément un prix. Les hommes comme Dario ne proposaient jamais d'aide sans contrepartie.

Sa mère l'appela une nouvelle fois. Sauvée par le gong !

Elle s'éloigna de Dario et courut dans l'escalier.

Elle était essoufflée, mais cela n'avait rien à voir avec l'escalier. Elle s'arrêta sur le palier et se pencha pour regarder en bas. Dario n'avait pas bougé d'un centimètre. Il attendait sa réponse.

Il esquissa un sourire. Elle avait besoin de lui et elle n'avait personne d'autre vers qui se tourner. Il le savait, et attendait qu'elle s'en rende compte.

— Demain, dit-il comme si de rien n'était. Je te donne jusqu'à demain. Viens me retrouver et je te dirai tout.

Puis il lui adressa un sourire, avant de faire demi-tour et de s'éloigner.

5.

— Tu n'es pas sérieux.

Alyse se figea, son verre à mi-chemin de la bouche. Puis elle le reposa sur la table d'un geste maladroit.

— Tu te moques de moi.

— Non, ce n'est pas une plaisanterie.

Dario jouait avec le pied de son verre. Son attention semblait ailleurs, mais peut-être s'agissait-il simplement d'une attitude, de sa part. Il feignait de ne pas faire attention à elle, tout en étant très attentif à sa réaction. Il savait qu'elle le regardait fixement, mais avait choisi de ne pas croiser son regard et de demeurer impassible.

Il lui avait fait sa demande, et attendait maintenant qu'elle se calme pour en discuter les détails.

Mais comment pouvait-elle se calmer après ce qu'il venait de lui proposer ?

— J'ai dit que je t'aiderais et je le ferai, je respecterai ma promesse. Mais à mes conditions.

A ses conditions... Elle ferma les yeux. Elle avait le vertige et se sentait incapable de penser. Toute raison l'avait désertée.

— Je ne comprends pas... Alors explique-moi une nouvelle fois cette histoire de mariage. Pourquoi... devrions-nous nous marier ?

— Tu prononces le mot « mariage » comme s'il s'agissait d'une condamnation à mort.

Parce que c'était une sorte de condamnation, en effet.

Sauf qu'une véritable exécution aurait été bien plus rapide, et peut-être moins douloureuse.

— Si ce n'est pas une condamnation à mort, c'est au moins une condamnation à perpétuité.

— Vraiment ? C'est ainsi que tu vois les choses ? Je t'ai simplement proposé un mariage ; je n'ai parlé ni d'amour, ni d'engagement à vie, ni de dévotion éternelle.

Au moins, ses intentions étaient très claires. Si elle rêvait de bague, de fleurs et de déclarations d'amour, elle devait se faire une raison. Il n'en était nullement question.

De toute façon, le mariage ne l'avait jamais fait rêver.

Aujourd'hui, elle cherchait simplement une solution, un moyen d'éviter la ruine de sa famille.

Lorsque Dario lui avait annoncé qu'il l'aiderait, elle n'avait pas imaginé une seconde que la solution qu'il lui proposerait passerait par un mariage.

Quelle idiote elle était ! Personne n'allait l'aider, ni rembourser les sommes dérobées par son père, sans contrepartie. Mais une telle contrepartie ? Il n'y avait vraiment pas d'autre solution ?

— D'habitude, le mariage implique au moins l'un de ces éléments…

— Si tu le crois, c'est que tu es bien naïve. Rares sont les époux capables de respecter leurs vœux d'amour éternel. Au moins, en nous engageant dans un mariage de convenance, nous ne risquons pas d'être déçus. Nous saurons tous les deux à quoi nous attendre.

— Un mariage de convenance…

Pourquoi son cœur ne voulait-il pas ralentir ? Pourquoi son pouls ne pouvait-il se calmer ? Certes, elle n'avait jamais rêvé d'un mariage de princesse, et n'avait jamais cru aux contes de fées. Elle aurait été bien naïve, mais tout de même : elle n'avait pas imaginé non plus faire un mariage de convenance ! Comme beaucoup de jeunes femmes, elle rêvait simplement de rencontrer un homme qui l'aimerait autant que son père aimait sa mère, c'est-à-dire plus que tout au monde.

Quelle femme ne rêverait pas d'un tel amour ? D'une telle union ?

— Oui, un mariage de convenance, un mariage dont la fin serait programmée, poursuivit Dario. Ainsi, personne ne pourrait prétendre avoir été trompé.

— En effet.

Elle baissa les yeux vers la table qui les séparait. Elle n'avait plus faim. Elle ne se sentait plus capable d'avaler quoi que ce soit, ce soir. Sa gorge était bien trop nouée.

Au départ, lorsqu'il avait formulé sa proposition, elle avait cru avoir mal entendu, tellement elle était sous le choc. Elle lui avait même demandé s'il s'agissait bien d'une demande en mariage.

— Tu n'as pas mis les formes, pour ta demande. Aucun romantisme, aucun…

— Je suis toujours sérieux lorsque je conclus un contrat.

Elle le savait.

Elle n'avait disposé que de quelques heures, entre son départ de la maison et le moment où elle l'avait rejoint chez lui, mais elle n'avait pas perdu son temps. Elle avait passé un long moment sur internet à chercher tout ce qu'elle pouvait trouver sur Dario Olivero, et il y avait beaucoup de choses qui demeuraient dans l'ombre. Ses origines étaient un peu mystérieuses, mais il était évident qu'il n'avait pas grandi avec une cuillère d'argent dans la bouche. En fait, il n'avait eu aucun lien avec la famille Kavanaugh jusqu'à l'année précédente. Ce qui expliquait pourquoi elle n'avait jamais entendu parler de lui, même si sa famille connaissait Marcus depuis des années.

Dario avait laissé son passé derrière lui depuis bien longtemps. Aujourd'hui, il était le propriétaire de la plus grande maison de vin de Toscane, une maison réputée dans le monde entier, et avait remporté de nombreux prix.

Il fournissait en vin les hôtels Kavanaugh, et son empire

valait bien le leur. Il était milliardaire et menait sa vie professionnelle avec une détermination à toute épreuve.

D'après ce qu'elle avait appris, il dirigeait sa vie privée avec la même détermination. Ses conquêtes étaient nombreuses, mais ses relations ne duraient jamais. Cette vie amoureuse instable était donc la preuve que la proposition qu'il lui avait faite n'était pas une véritable demande en mariage.

Mais que lui proposait-il, alors ?

— J'ai vérifié tout ce que tu m'as dit concernant mon père.

— Je savais que tu le ferais.

— Il m'a confirmé toute l'histoire.

— Ce n'est pas une surprise.

Cette conversation avec son père avait d'ailleurs été la plus pénible de son existence.

Anthony Gregory avait commencé par tout nier en bloc, puis il s'était effondré. Même à ce moment-là, elle avait continué à espérer que la situation ne serait pas aussi désespérée que ce qu'en avait dit Dario. Hélas, c'était plutôt l'inverse. Les vols de son père avaient été découverts, et Marcus avait menacé de porter plainte.

Elle avait vraiment commis une grosse bêtise, lorsqu'elle avait décidé de repousser Marcus une fois pour toutes.

— Marcus va se venger de l'humiliation subie. Il a annoncé à mon père que si une solution n'était pas trouvée avant la fin de la semaine il porterait plainte.

Elle repensa aux larmes qu'elle avait vues couler des yeux de son père. Il pleurait pour sa femme, pour lui, mais pas pour elle. A aucun moment il n'avait semblé regretter d'avoir insisté pour qu'elle épouse Marcus.

Dans ces conditions, comment pouvait-elle encore faire confiance à ses parents ?

Son père était entièrement dévoué à sa mère. Il était prêt à tout pour elle, y compris à commettre un délit. Anthony Gregory était aveuglé par l'amour.

A qui pouvait-elle faire confiance, aujourd'hui ? A personne, au fond. Elle ne croyait plus en ses parents. Ils lui avaient menti, alors que leur devoir aurait dû être de la soutenir et de la protéger en toutes circonstances.

— C'est pour cette raison que tu es ici ?

Dario l'arracha à ses réflexions par cette question froide et sèche. Ne pouvait-il pas faire preuve d'un peu d'émotion ?

Apparemment, non. Pendant tout le dîner, il était resté rigide, aussi impénétrable qu'un sphinx.

Lui non plus n'avait pas beaucoup mangé, mais son manque d'appétit ne pouvait être imputé à la nervosité. N'était-il pas en position de force, en ce moment ? Peut-être était-il économe de son appétit comme il l'était de ses mouvements.

En tout cas, il avait de la chance. Il n'était pas assailli par les doutes, lui.

Après avoir parlé à son père, elle avait mesuré à quel point ce dîner serait important. Ignorant néanmoins ce qu'elle devait en attendre, elle avait eu du mal à choisir sa tenue. Finalement, elle avait opté pour une robe vert pâle, plutôt sobre, qu'elle avait l'habitude de porter au travail. Elle avait attaché ses cheveux et choisi des ballerines. Sur le moment, elle pensait avoir fait le bon choix, mais à présent…

Que portait-on, d'habitude, pour une demande en mariage ?

Un mariage blanc…

— Je te remercie de ton offre, mais… pourquoi nous marier ? Je ne comprends toujours pas.

Elle tremblait tellement qu'elle en bredouillait.

— Rien d'autre ne pourra faire renoncer Marcus. En plus, si nous ne nous marions pas, nous ne pourrons pas rembourser l'argent que ton père a volé.

Nous ne pourrons pas rembourser. Avait-elle bien entendu ?

Il avait dit « nous » : c'était un point positif.

Si seulement elle avait pu résoudre le problème seule… Hélas, elle en était bien incapable. Dans ces conditions, autant profiter de la détermination qu'affichait Dario. En plus, il lui proposait une issue, et il était le seul.

— Des fiançailles ne pourraient-elles pas suffire ? Ce serait déjà mieux qu'un mariage.

Dario prit son verre et la dévisagea.

Elle était arrivée plus tard qu'il ne l'avait espéré, sans doute parce que la conversation avec son père s'était éternisée. Le problème était qu'ils ne disposaient pas de beaucoup de temps, s'ils voulaient éviter une contre-attaque de Marcus.

— Non, des fiançailles ne suffiraient pas, déclara-t-il.

Des fiançailles pourraient éventuellement faire réfléchir son demi-frère, mais ne rempliraient pas les conditions exigées par Henry Kavanaugh — les conditions énoncées dans la dernière version de son testament.

Il resserra les doigts autour de son verre. Il avait été surpris de découvrir à quel point son père avait été malade, ces derniers mois. Henry avait été si affaibli qu'il avait changé les termes de son testament, et avait même écrit à son fils illégitime pour le lui faire savoir.

Approchant de la mort, Henry Kavanaugh s'était visiblement rendu compte que son rêve de devenir grand-père d'un enfant portant un titre de noblesse risquait de ne jamais se réaliser. Il ne se faisait guère d'illusions sur Marcus et sa vie dissolue, aussi avait-il précisé dans son testament que le mariage était une condition non négociable.

Rusé comme un renard, il avait décidé d'augmenter ses chances en reconnaissant pour la première fois qu'il avait deux fils. Il désirait plus que tout devenir grand-père, même si c'était son bâtard qui lui offrait un petit-fils ou une petite-fille.

Dario plongea les yeux dans le regard d'Alyse.

Lui non plus n'avait jamais envisagé de se marier. Il n'était venu en Angleterre que pour donner un coup d'arrêt aux plans de Marcus. Puis la lettre lui était parvenue, et il avait saisi l'opportunité qui lui était offerte de faire un pas supplémentaire en direction de son père.

S'il avait été au courant plus tôt, pour ce testament, il aurait peut-être eu le temps de trouver une autre solution. Hélas, Marcus avait fait son possible pour qu'il ne découvre rien avant la dernière minute.

Son demi-frère avait peut-être gagné une bataille, mais il ne gagnerait pas la guerre. A aucun prix.

— Pourquoi est-ce que cela ne suffirait pas ?

Elle insistait, montrant ainsi qu'elle n'avait toujours pas compris.

— Parce que Marcus n'a pas vraiment envie de faire un procès à ton père. Ce qu'il veut, c'est toi.

Elle secoua la tête, si fort que sa queue-de-cheval faillit effleurer la flamme des bougies. Il se pencha pour la repousser puis resta dans cette position, son visage proche du sien.

— Crois-tu vraiment que je serais en train de discuter avec toi ce soir, si je pensais qu'il y avait une autre solution ?

— Je…

Elle mit une main devant sa bouche, comme pour s'empêcher de pleurer. Elle portait du vernis rose sur les ongles.

Des ongles qui l'avaient griffé avec une sensualité folle, pendant qu'ils s'embrassaient, l'autre soir.

A ce souvenir, tous ses sens se réveillèrent et son sexe commença à se tendre. Il devait attendre que tout soit réglé, avant de tenter de la séduire. Hors de question d'aller trop vite ou de ne pas rester concentré. Même s'il était clair qu'elle allait accepter sa proposition, comme il pouvait le lire dans son beau regard émeraude.

Il avait envie de retrouver la fière Alyse, celle qu'il avait rencontrée le soir du bal, lorsque Marcus avait cru pouvoir la faire obéir. Les femmes faibles ne lui faisaient aucun effet : il les laissait à son demi-frère.

— Je ne suis pas stupide, déclara-t-elle.

Elle le fixait, une lueur de défi dans le regard, comme si elle avait recouvré des forces.

— Je sais que je plais à Marcus, mais je ne lui ai pas donné le moindre encouragement, même lorsque mon père m'expliquait, pour des raisons que je comprends aujourd'hui, qu'il serait ravi que je l'épouse. Au contraire. Je lui ai répété à de multiples reprises que je n'étais pas intéressée par sa proposition.

— Ce qui, connaissant Marcus, n'a fait que le rendre encore plus insistant. Le repousser, c'était une façon de piquer son intérêt.

— Ce n'est pas pour cette raison que je le repoussais.

— Je sais que tu étais prête à tout pour te débarrasser de lui.

Même si elle lui avait semblé regretter cette idée, lorsque Marcus les avait pris en flagrant délit.

— Je le sais, répéta-t-il.

Après l'irruption de son demi-frère chez lui, il avait jugé préférable de la laisser partir. Il avait pour principe de ne jamais forcer une femme, et n'avait nullement eu l'intention de commencer avec Alyse Gregory.

— Pour Marcus et son père, tu as le pedigree idéal.

— Le pedigree idéal ? Tu parles comme si j'étais un chien.

— Un chien de race, alors.

Elle fronça les sourcils. Elle ne comprenait donc pas ? Tant mieux si elle n'était pas consciente de l'intérêt que pouvait susciter son titre de noblesse.

— Lady Alyse...

Elle avait enfin compris, mais semblait toujours avoir des doutes.

— C'est si important que ça, pour Marcus ? demanda-t-elle.

— Ça l'est pour son père. Pour ce dernier, un mariage avec une comtesse donnerait meilleure réputation à sa famille.

Si son titre de noblesse comptait à ce point, cela pouvait expliquer pourquoi Marcus la poursuivait de ses assiduités depuis si longtemps.

Elle se figea. Elle venait de penser à une chose.

Le père de Marcus et celui de Dario étaient un seul et même homme. Cela voulait-il dire que…

— Est-ce ce que tu recherches également, un titre de noblesse ?

Il fronça les sourcils, comme s'il était fâché de sa question, puis éclata de rire.

— *Certamente.*

Il semblait amusé, alors qu'il n'y avait pas de quoi, aux yeux d'Alyse.

— Là où j'ai grandi, dans les rues mal famées de Casentino, nous étions obsédés par les comtes et les comtesses. Nous ne parlions même que de cela !

Elle se força à sourire, mais ce n'était pas facile. L'imaginer grandissant sans père, sans argent, c'était une pensée un peu douloureuse.

— Ton père n'a rien fait pour t'aider ?

En posant cette question, elle vit son visage se fermer et son beau sourire s'évanouir. La récréation était apparemment terminée.

— Kavanaugh a toujours refusé de me reconnaître, ou même d'admettre sa relation avec ma mère. Elle n'était qu'une pauvre petite paysanne italienne avec laquelle il avait passé une nuit, alors qu'il séjournait chez un fournisseur de vin et qu'elle travaillait dans la maison de cet homme. Elle a bien essayé de lui dire qu'elle était enceinte, mais il a toujours refusé de la revoir.

— Qu'est-il arrivé à ta mère ?

— Elle est décédée l'année de mes quinze ans. Lorsqu'elle est tombée malade, j'ai essayé de contacter Kavanaugh pour obtenir de l'aide, mais…

Il fit un geste de la main, comme s'il n'avait rien à ajouter.

— Je suis désolée.

Elle était triste pour lui, mais aussi curieuse. Comment la situation de Dario avait-elle évolué, après cette rebuffade ? Parce qu'elle avait bel et bien changé. Dario avait réussi et il était ici, aujourd'hui, en Angleterre. Sans compter qu'il connaissait sa famille, même si leurs relations n'étaient pas les meilleures qu'on puisse imaginer.

Il se leva et elle le vit se diriger vers la baie vitrée, sans un regard pour elle.

Ses larges épaules lui cachaient la vue.

Il affirmait qu'il l'aiderait, et c'était un point important. Malgré tout, elle ne se sentait pas en sécurité avec lui. Elle se sentait simplement moins en danger que lorsqu'elle avait été informée du plan de Marcus. La peur qui l'avait envahie lorsqu'elle avait écouté son père lui raconter toute l'histoire, et lorsqu'elle avait vu sa pâleur, avait été difficile à supporter.

Si Dario avait le pouvoir de l'aider, elle le suivrait, quels qu'en soient les risques.

— Si tu m'épouses, ce sera mon devoir d'époux de vous aider, toi et ta famille, dit-il en revenant vers elle. Une fois que l'argent volé aura été remboursé, Marcus n'aura d'autre choix que de vous laisser tranquilles.

— Ce n'est pas…, commença-t-elle, avant de se reprendre. Quelle sera la contrepartie, pour toi ?

A ces mots, elle vit de nouvelles lueurs apparaître dans son regard, mais elles disparurent aussi rapidement qu'elles s'étaient manifestées. Dario lui sourit puis tendit une main vers elle, paume ouverte, comme il l'avait fait lorsqu'il lui avait rendu sa boucle d'oreille. Sans réfléchir, elle posa la main dans la sienne, et il l'attira à lui.

— Dois-tu vraiment poser cette question ? demanda-t-il.

Il posa un doigt sur son menton pour l'obliger à relever la tête.

Il riva son regard au sien, un regard avide, et elle ne put réprimer un frisson.

Fermant les yeux, elle s'abandonna au contact de ses lèvres sensuelles sur les siennes. Leurs bouches s'unirent sans la moindre hésitation.

Après les baisers passionnés qu'ils avaient échangés le soir de leur rencontre, une telle douceur de sa part la surprenait et lui faisait du bien. Ce baiser la libérait de ses soucis, il libérait son âme. Entre ses bras, elle fondait littéralement, et elle oubliait tout.

Elle s'abandonna à la sensualité et se lova contre la chaleur de Dario. Lorsqu'elle se plaqua contre son corps musclé, il referma ses bras puissants autour d'elle. De ses mains expertes, il commença ensuite à lui caresser le dos, électrisant ses sens. Puis il les referma sur ses fesses et elle se cambra, le corps embrasé.

— Dario…

Elle se mit à aller et venir contre lui, contre le renflement de sa braguette, avec autant de sensualité qu'elle le pouvait, et elle esquissa un sourire en l'entendant gémir de plaisir.

— *Strega*…, dit-il, prenant ses seins en coupe. Tu es une fée.

Si elle était une fée, il était lui-même un magicien. Il ne l'avait embrassée que deux ou trois fois et, déjà, elle ne pouvait plus s'en passer. Il l'avait ensorcelée. Elle allait mourir s'il ne…

Toutes ses pensées s'évanouirent d'un coup. Incapable de respirer calmement, elle ne pensait plus qu'à ses mains brûlantes, à la virtuosité de ses caresses. Elle n'était plus qu'une boule d'émotions. Elle avait un besoin vital de cet homme.

— *Bella strega*, murmura Dario dans le creux de son oreille, avant de reprendre possession de sa bouche avec une gourmandise inouïe. *La mia bella strega…*

Elle écarta le visage pour se noyer dans ses prunelles couleur azur. Il était décidément beau comme un dieu. Tout, en lui, était parfait. Jamais elle n'avait vu homme plus séduisant. Et cet homme digne d'Apollon était en train de l'embrasser.

— Tu es magnifique…

Sa voix était légèrement hésitante. S'agissait-il de plaisir ou d'émotion, elle n'en avait pas la moindre idée.

Elle se devait, néanmoins, de garder la tête froide. Ce baiser n'était pas le début d'une incroyable relation, ou d'une aventure vertigineuse. C'était le début d'un mariage de convenance, elle ne devait pas l'oublier.

Un mariage de convenance…

Elle se raidit brusquement.

— Que se passe-t-il ?

Dario la regarda avec attention, comme pour tenter de lire en elle.

— Je ne…

— N'essaie pas de me faire croire que tu n'en as pas autant envie que moi. Je sais quand une femme prend du plaisir. Je vois bien que tu me désires autant que je te désire.

Il caressa doucement son visage, sans la quitter du regard, puis esquissa un sourire en la voyant frissonner légèrement.

— Mon satané frère t'a peut-être dit que tu étais belle, mais si c'est moi qui le dis, sache que c'est vrai. Je te trouve très belle. Et je te désire, Alyse.

Sa voix enjôleuse alluma de nouveaux feux en elle.

— Je te désire tant que je deviens fou. Je meurs d'envie de t'avoir dans mon lit, de te posséder…

Elle devait le croire : impossible d'avoir des doutes quand sa voix était si pressante, si sincère. Il la désirait, en cet instant, comme aucun homme ne l'avait jamais désirée.

Elle était la fille d'un couple d'amoureux fous, d'un homme et d'une femme qui s'aimaient d'un tel amour qu'elle avait souvent eu l'impression d'être laissée à l'écart. D'ailleurs, c'était le cas, elle le savait maintenant.

Et dire qu'elle n'avait jamais quitté la maison familiale, n'avait jamais vécu seule, parce que sa mère avait besoin de son aide… C'était elle qui prenait soin de sa mère, elle qui aidait son père. Ce dernier avait même tenté de la persuader d'épouser Marcus pour sauver leur famille. Ses parents s'étaient servis d'elle, l'avaient utilisée. Ils ne lui avaient rien donné, tandis que ces baisers… Ces baisers étaient tout, pour elle.

— Je te désire tant que je deviens fou.

Si seulement elle pouvait l'écouter lui murmurer des mots doux toute la nuit ! Personne ne l'avait jamais traitée ainsi, personne ne lui avait jamais donné l'impression d'être aussi importante, aussi désirée. Le problème, c'était qu'elle aurait eu envie d'entendre ces mots pendant toute sa vie, alors que telle n'était pas l'intention de Dario. Elle s'en contenterait, néanmoins, pour le moment. Elle savourerait leur relation le temps qu'elle durerait, comme elle l'avait fait le soir du bal.

Et en même temps, elle libérerait ses parents de toutes leurs angoisses.

— J'ai envie de toi, moi aussi, murmura-t-elle.

Il lui était impossible de mentir à ce sujet.

— Tu sais pourquoi je t'épouse, répondit-il. Tu n'as pas besoin de demander ce que je retire de ce contrat : la réponse est évidente. Je gagne le droit de t'avoir dans mon lit, là où je rêve de t'avoir depuis la seconde où je t'ai vue.

Et, en prime, il sauvait ses parents et infligeait une cuisante défaite à Marcus.

Vu qu'il s'agissait de la seule solution possible pour mettre un terme à son cauchemar, pourquoi ne pas sauter sur l'occasion ?

Finalement, ce projet n'était pas si différent de celui qu'elle avait échafaudé toute seule, afin de conquérir cette liberté dont elle avait plus que jamais besoin.

Quelques jours plus tôt, elle cherchait à se libérer de Marcus. Aujourd'hui, elle aspirait à une liberté plus grande : la liberté d'être la femme qu'elle désirait être.

Si son père était emprisonné, si sa mère se retrouvait seule, elle pourrait dire adieu à tous ses rêves de liberté. Jamais elle n'abandonnerait sa mère au fond de la dépression.

Certes, il ne s'agissait pas d'un mariage tel qu'elle aurait pu en rêver, mais la vie n'était pas aussi rose que dans les contes de fées.

Dario lui ayant clairement montré qu'il la désirait et lui offrant la possibilité de s'affranchir de ses parents, il n'y avait plus à tergiverser.

Il ne l'avait pas forcée à aller chez lui, l'autre soir. Après le bal, elle avait été prête à succomber sans que personne ne l'y oblige.

Si, après cette nuit-là, Dario avait affirmé qu'il voulait la revoir, qu'il désirait davantage, qu'il aspirait à une véritable relation, elle aurait accepté. Elle en aurait même été ravie. Alors, pourquoi avoir des scrupules ou des doutes ? A cause de ses rêves de petite fille ? Parce qu'elle pensait qu'elle n'arriverait jamais à trouver l'amour inconditionnel que vivaient ses parents ?

Son corps savait ce qu'il désirait, seule sa tête hésitait encore.

Si elle tombait dans les bras de Dario maintenant, que se passerait-il ensuite ? S'il obtenait dès ce soir ce qu'il désirait, pourquoi resterait-il à ses côtés ou accepterait-il de l'aider, d'ici quelques jours ?

— Comment savoir que je peux te faire confiance ? demanda-t-elle. Comment être sûre que tu tiendras parole ? Comment avoir la certitude que tu respecteras ta part du marché et que tu ne seras pas le seul gagnant ?

— Parce que toi, tu ne me désires pas ?

Sans attendre sa réponse, il esquissa un sourire malicieux. Il connaissait sa réponse. Il n'avait même pas besoin de lui poser la question.

— Veux-tu que je fasse établir un contrat ? Comme un contrat de mariage traditionnel, avec les conditions et les bénéfices pour chacun, clairement énoncés, ainsi que ce que nous en retirerons, une fois le contrat rempli, lorsque chacun repartira de son côté ?

Que retirerait-il, lui, de ce mariage ? A part la satisfaction d'écraser son demi-frère ? Cela serait-il suffisant pour lui ?

Il gagnerait autre chose : une nouvelle conquête.

A cette idée, sa bouche s'assécha et sa tête se mit à tourner. Etait-ce Dario qui lui faisait cet effet, simplement avec des mots ?

— Je vais faire établir un contrat très précis, avec tous les détails, poursuivit-il. Je te promets qu'il n'y aura aucune surprise, aucun piège. Evidemment, tu ne signeras rien avant d'être complètement satisfaite.

A l'entendre, tout était simple. Elle pouvait enfin obtenir ce qu'elle désirait. Hélas, malgré les apparences, ils ne partiraient pas sur un pied d'égalité. Dario obtiendrait ce qu'il désirait. Quant à elle, elle avait beaucoup à perdre. Si elle ne signait pas, Dario partirait, peut-être frustré sexuellement, mais sans souffrir. Tandis qu'elle, elle resterait coincée entre sa mère malade et son père criblé de dettes ou en prison pour avoir commis un délit en cherchant à protéger la femme qu'il aimait.

C'était un cauchemar !

Vu qu'elle avait l'occasion d'aider ses parents, et qu'elle avait le courage de le faire, elle le ferait. Ensuite, elle obtiendrait cette liberté dont elle rêvait tant.

Elle prit une lente et profonde inspiration.

— Tu peux aller voir ton avocat, déclara-t-elle, soulagée de prononcer ces mots. Fais établir le contrat, apporte-le-moi et je le signerai.

Une lueur de triomphe apparut dans le regard de Dario.

— Alors viens ici…

Il referma la main autour de son bras et, aussitôt, la chair de poule l'envahit et sa tête se mit à tourner, comme le soir du bal, juste avant que Marcus surgisse. Mais elle n'avait plus envie de penser à cet incident, à présent. Elle ne voulait plus avoir le sentiment de n'être qu'une proie que se disputaient les deux frères. Elle désirait, autant que possible, rester maîtresse des événements.

— Non, lui répondit-elle.

Elle déposa un petit baiser sur la pointe de son nez, puis recula.

— J'ai envie d'attendre notre nuit de noces, ajouta-t-elle.

— Tu es bien traditionnelle.

— C'est vrai, je suis une fille classique, mais ne t'inquiète pas, tu obtiendras ce que tu désires, une fois que tu m'auras passé la bague au doigt.

Il ne répondit pas tout de suite, et elle aperçut des nuages sombres dans son regard. Elle était peut-être allée trop loin.

Nerveuse, elle attendit. Allait-il se mettre en colère ?

— Très bien, *mia strega*. Nous allons respecter ces règles, nous allons attendre la nuit de noces, mais ensuite…

Il n'acheva pas sa phrase mais ce n'était pas nécessaire. Elle pouvait deviner les mots. D'ailleurs, des images osées venaient déjà d'envahir son esprit.

— Je passerai voir mon avocat dès demain, pour lui demander de rédiger le contrat de mariage le plus rapidement possible. Je n'ai pas l'intention d'attendre trop longtemps, *bellissima*.

Un sentiment d'excitation, mais aussi de crainte, la saisit soudain. Par désir, cet homme était prêt à tout, y compris à conclure un mariage de convenance ? C'était cher payé.

C'était également flatteur.

— Je te veux dans mon lit avant la fin du mois, ajouta-t-il d'un ton froid qui la fit sortir de sa rêverie. Marcus n'attendra pas, et moi non plus.

6.

— Tu es magnifique !

— C'est gentil, papa.

Alyse remercia son père avec un sourire aussi détendu que possible. Son père souriait aussi, et c'était une bonne nouvelle. Il avait même l'air d'avoir rajeuni depuis leur fameuse conversation, deux semaines plus tôt, sans doute parce que l'argent volé avait été remboursé et que le risque de se retrouver en prison était à présent écarté. Quant à sa mère, elle avait pleuré d'émotion, quelques instants plus tôt, mais elle avait maintenant séché ses larmes.

— Tu es sûre que tu es heureuse ? lui demanda son père en l'accompagnant vers la voiture. Ce mariage est vraiment soudain.

Il lui posait enfin la question ! Il se sentait enfin concerné ! Ce n'était pas trop tôt… Toutefois, elle était bien décidée à ne pas lui avouer la vérité.

— Soudain peut-être, mais c'est très bien comme ça, répondit-elle d'un ton aussi enjoué que possible, en espérant que son sourire serait convaincant.

Elle avait fait croire à ses parents que son histoire d'amour avec Dario, d'une soudaineté surprenante, n'en était pas moins réelle. Et s'ils se mariaient aussi vite, c'était simplement parce qu'ils se sentaient incapables d'attendre. Leur amour était bien trop fort, bien trop intense. Leur relation était si sérieuse que Dario avait même tenu à prouver ses sentiments en réglant les problèmes de sa famille.

Tout cela était bien beau, mais parfaitement factice. Elle jouait un rôle pour donner le change à ses parents. Elle les écoutait, elle les voyait, mais elle n'était pas vraiment avec eux. Comment l'aurait-elle pu, de toute façon ? Depuis qu'elle avait compris qu'ils étaient prêts à tout, y compris à la vendre, pour régler leur affaire, elle ne les voyait plus comme auparavant.

En fait, seul Dario était de son côté. Il était l'homme qui lui avait appris de terribles nouvelles, mais aussi celui qui avait proposé son aide. Son avenir passait inévitablement par lui.

Du moins tant que durerait leur mariage.

Dans quelques heures, elle quitterait donc ses parents et entamerait une nouvelle vie. Avec ce mariage, certes de convenance mais bien réel, Dario lui offrait un cadeau inestimable : la liberté.

Sa liberté.

— Entre Dario et moi, ç'a été le coup de foudre, comme dans les romans. Tu m'as déjà raconté que tu ne connaissais maman que depuis un mois, lorsque tu l'as épousée.

— Je savais qu'elle était la femme de mes rêves.

— Tu as eu un coup de foudre, comme Dario et moi, et tu sais que dans de tels cas il est impossible d'échapper au destin.

Elle glissa son bras sous celui de son père. Elle pouvait faire de nombreux reproches à ses parents, mais elle se sentait heureuse qu'ils soient à ses côtés, aujourd'hui.

Elle se sentait certes un peu nerveuse, mais tout irait mieux ce soir. Encore que…

C'était une chose de jouer à la fiancée heureuse depuis quinze jours, une autre d'imaginer que Dario et elle seraient seuls, ce soir et toutes les nuits qui suivraient.

A cette idée, sa gorge s'assécha.

Au départ, elle avait cru qu'elle aurait du mal à jouer les fiancées énamourées, mais, en fin de compte, ce rôle n'était pas si difficile à tenir. Il l'était d'autant moins que Dario l'avait aidée et rassurée. Chaque fois qu'ils se trouvaient près l'un de l'autre, il lui souriait, il passait même un bras autour de sa taille et l'attirait à lui, caressant ses cheveux. Si ses parents étaient à proximité, il lui embrassait les mains, comme un amoureux timide.

C'était un peu ridicule, cela dit. Jamais Dario n'avait été timide ! Au contraire. Il n'hésitait jamais, et il était capable d'une sensualité folle. D'ailleurs, chaque fois qu'elle se souvenait de ses caresses magiques, les battements de son cœur s'accéléraient.

Toutes ses attentions, toutes ses marques de tendresse la touchaient et augmentaient son désir. Aujourd'hui, elle le désirait plus que tout. Si elle ne lui avait pas demandé d'attendre leur nuit de noces, elle aurait même été ravie de lui faire l'amour. Elle l'aurait agrippé et se serait jetée sur lui, sans la moindre hésitation, sans la moindre retenue. En fait, la seule fois où elle avait essayé, c'était Dario qui l'avait freinée, qui lui avait rappelé, à regret, qu'elle avait choisi d'attendre.

— Pas avant notre nuit de noces, lui avait-il répondu d'une voix sensuelle, dans le creux de son oreille. Je l'ai promis.

Certes, il lui en avait fait la promesse, mais en attendant, il jouait avec elle, il s'amusait à lui faire perdre la tête. Et il y parvenait très bien. Elle le désirait tellement qu'à plusieurs reprises elle avait même failli le supplier. Elle s'était toutefois retenue au dernier moment.

De toute façon, il ne céderait pas, elle le savait.

Mais ce soir…

Ce soir, il aurait le droit de la posséder, aussi longtemps et aussi souvent qu'il le désirerait. Ce soir, il aurait tous les droits. Ce soir, elle lui appartiendrait.

Le vertige la saisit et sa tête se mit à tourner.

— Tu es prête ? lui demanda son père.

Ils se trouvaient à présent devant la porte de l'église.

— Je suis prête. Enfin…

Elle ne l'était pas vraiment, mais elle n'avait guère le choix.

Un peu perdue, elle baissa les yeux vers sa main, posée sur le bras de son père. A son doigt, la bague offerte par Dario brillait de mille feux.

— Je n'en ai pas besoin, avait-elle protesté lorsqu'il la lui avait glissée au doigt, juste avant qu'ils annoncent leur mariage à ses parents. Ce n'est pas un véritable mariage, nous faisons juste semblant…

— Non, nous ne faisons pas semblant, en tout cas pas devant Marcus et Henry Kavanaugh. Tout le monde doit croire qu'il s'agit d'un mariage d'amour. Et pour cela, nous devons faire les choses dans les règles de l'art et être convaincants.

Comme s'il la connaissait déjà intimement, Dario avait deviné qu'elle aimait les bijoux anciens, et avait réussi à choisir le modèle de ses rêves. Jamais elle n'aurait pu rêver d'une bague plus belle, plus à son goût. C'était exactement celle qu'elle aurait choisie, si elle avait eu les moyens de se l'offrir.

— Par ici, ma chérie.

Son père s'impatientait. Sans doute hésitait-elle depuis trop longtemps à l'entrée de l'église. Si elle n'y prenait garde, elle allait finir par se trahir.

— Oui, allons-y.

Elle avait un peu de mal à marcher. Il lui semblait que le sol bougeait sous ses pieds. Resserrant son étreinte sur le bras de son père, elle se força à regarder droit devant.

Mais regarder droit devant voulait dire fixer Dario, qui se tenait près de l'autel. Etant donné qu'elle ne voyait pas son visage, impossible de savoir ce qu'il pensait. En tout cas, il ne semblait pas aussi nerveux qu'elle.

Pensait-il que ce mariage en valait la peine ? Estimait-il qu'il avait eu raison de régler les problèmes de ses parents ?

Si seulement il voulait bien se tourner, qu'elle puisse voir son beau visage…

Comme s'il l'avait entendue, il se retourna et croisa son regard.

Elle ne put réprimer un frémissement.

Dario était un homme d'affaires, et il avait organisé ce mariage comme un contrat financier. Dans ces conditions, il se devait évidemment d'aller jusqu'au bout. Il était connu pour être dur en affaires et dénué de tout sentiment ; c'était donc vraisemblablement pour cette raison qu'il ne souriait pas, et non parce qu'il éprouvait de quelconques doutes.

Et lui, avait-il cru qu'elle ne viendrait pas, aujourd'hui ? Certainement pas. Il savait bien qu'elle n'avait d'autre choix que de l'épouser, si elle voulait éviter la prison à son père.

Elle continua d'avancer.

Elle ne se trouvait plus qu'à quelques mètres de Dario.

Elle le trouvait plus grand, aujourd'hui, plus impressionnant, mais aussi plus distant.

Elle ne connaissait pas vraiment cet homme et, pourtant, elle acceptait de lui donner sa main, de lui confier sa vie. Avait-elle perdu la tête ?

Un vent de panique l'enveloppa à cette pensée, et son ventre se noua.

Il était trop tard pour faire demi-tour, à présent.

Son père prit sa main et la donna à Dario. Elle ne leva pas les yeux vers lui, car elle n'en avait pas le courage. Elle n'avait pas la force de se perdre dans ses prunelles azurées. Ses jambes la soutenaient à peine.

Lorsque Dario referma la main autour de la sienne, elle déglutit péniblement.

Voilà, son sort était jeté. Désormais, elle était à lui, elle lui appartenait.

— Merci.

Elle entendit son père remercier l'homme qui, dans quelques minutes, serait son gendre. Aurait-il agi de la même façon, si elle avait épousé Marcus ? Ou était-il simplement heureux car il considérait Dario comme son sauveur ?

Rose, sa demoiselle d'honneur, lui prit le bouquet des mains, mais elle ne la regarda pas. Elle ne voyait que Dario. Elle ne ressentait rien d'autre que sa présence, massive, à son côté. En revanche, elle ne percevait chez lui aucune trace de sensualité.

Ce mariage était peut-être une mauvaise idée, au fond. Tout était calculé, tout sonnait faux. Dario lui-même semblait trop sérieux, trop froid. Il se contentait d'attendre son dû.

— Tu es magnifique.

Quoi ? Il avait parlé ? Surprise par ces mots, elle sursauta et leva les yeux vers lui. Impossible de ne pas remarquer son regard bleu qui glissait sur ses cheveux, s'attardait sur sa couronne de fleurs puis descendait vers sa robe, blanche mais simple.

Il contrôla sa réaction, mais elle vit son regard devenir noir.

Il devait se demander ce qui était arrivé à la création haute couture qu'il lui avait fait livrer. Même pour un homme, il était évident que le modèle sans manches qu'elle portait n'était pas l'œuvre d'un grand couturier français.

— Je…

Elle ouvrit la bouche, mais s'interrompit. Le prêtre venait de s'approcher.

Elle était vraiment magnifique.

Dario essaya de se concentrer sur les mots du prêtre, mais il avait beaucoup de peine à y parvenir.

Il repensa à Alyse remontant l'allée, avant de prendre place à son côté.

Qu'avait-il espéré ? Il l'ignorait. En tout cas pas ceci.

Il savait juste qu'elle serait magnifique, car elle l'était toujours. Dès qu'il l'avait aperçue, au bal, elle l'avait séduit, et depuis, il n'arrivait plus à garder la tête froide en sa présence.

— Si quelqu'un pense que ce mariage ne devrait pas avoir lieu…

Lui, plus que quiconque, savait pourquoi ce mariage ne devait pas avoir lieu.

Pourquoi conclure cette union de convenance ? Pourquoi prononcer des vœux dans une église, alors qu'ils savaient tous deux qu'il ne s'agissait que d'une mascarade ?

Jamais il n'avait rêvé de se marier, il n'était pas le genre d'homme à se transformer en époux. Même si sa mère en avait beaucoup rêvé.

Que se passerait-il, s'il avouait à toute l'assemblée qu'il connaissait une raison pour laquelle ce mariage ne devait pas avoir lieu ?

Que penserait sa mère, là où elle se trouvait ? Parce que la volonté de sa mère constituait l'une des raisons pour lesquelles il se mariait. C'était peut-être trop tard, mais en épousant Alyse il répondait à l'un de ses vœux. Elle avait en effet toujours rêvé de voir son fils dans la demeure de Kavanaugh, là où il avait sa place, à ses yeux.

Mais sa mère avait aussi espéré qu'il se marierait un jour par amour.

Alyse ne lui avait pas demandé l'amour. Elle n'avait que deux objectifs : sortir ses parents d'affaire et se débarrasser de Marcus une fois pour toutes. Elle ne lui avait jamais menti sur ses motivations. Quant aux autres conséquences de ce mariage, la possibilité d'un rapprochement avec son père, Henry Kavanaugh, elle n'en était pas informée.

Le prêtre poursuivit, et il sentit Alyse frémir contre lui.

Il baissa les yeux vers elle. Au même moment, elle leva la tête, et il vit sa bouche se crisper et ses beaux yeux émeraude se voiler. Elle était si belle…

Ce mariage ne ressemblait pas à ce qu'il avait imaginé. Même s'il s'agissait d'un mariage de convenance, la cérémonie se déroulait dans l'église du village où Alyse avait grandi. Elle avait insisté sur ce point.

En revanche, elle n'avait pas voulu d'une cérémonie trop fastueuse. Elle n'avait même pas choisi la robe qu'il lui avait fait livrer. D'ailleurs, la simple robe de soie qu'elle portait ne lui plaisait pas.

Il resserra sa main dans la sienne. Elle lui semblait soudain trop petite. La simplicité de sa robe, de son maquillage, de sa coiffure, tout lui donnait une impression de vulnérabilité, et l'idée d'une Alyse fragile le dérangeait. Alyse, à ses yeux, n'était pas une femme fragile.

— Dario ?

Le prêtre souriait et le regardait.

Zut ! Il était tellement perdu dans ses réflexions qu'il avait raté le moment où le prêtre lui avait demandé s'il acceptait de prendre cette femme pour épouse.

La main d'Alyse remua dans la sienne, comme si elle hésitait à prendre la fuite, et il resserra son emprise. Il n'allait surtout pas laisser ce mariage échouer, pas si près du but.

— Oui, je le veux, déclara-t-il d'une voix ferme et forte.

Il jeta un coup d'œil discret vers la femme qui se tenait à son côté. Ses grands yeux étaient écarquillés, un peu inquiets. Avait-elle vraiment cru qu'il renoncerait au dernier moment ?

— Alyse.

C'était à son tour de répondre à la question du prêtre.

Sa réponse vint plus rapidement que la sienne. Elle devait avoir hâte que la cérémonie se termine.

Il la traiterait bien, il l'avait promis à la mémoire de sa mère. Elle aurait tout ce qu'elle désirait. Ce ne serait pas si difficile, car elle voulait de l'argent pour ses parents, ainsi que la liberté. Et le plaisir sexuel.

Ce soir, elle partagerait son lit. Il pourrait enfin s'adonner à la volupté avec elle, laisser libre cours à ce désir qui le rendait fou.

Il n'en pouvait plus de patienter. Cette attente était en train de le tuer à petit feu.

— Je le veux.

Je le veux.

Alyse ne cessait de penser à ces trois mots, depuis qu'elle s'était réveillée, ce matin. Trois mots tout simples, mais qui bouleversaient sa vie et lui donnaient le vertige. Après les avoir prononcés, elle ne pourrait plus faire marche arrière. Elle serait mariée à Dario, leur contrat entrerait en vigueur…

Pourquoi ces doutes, d'un seul coup ?

C'était pourtant ce qu'elle désirait. Si elle n'allait pas jusqu'au bout, ses parents souffriraient et elle ne ferait jamais l'amour avec Dario. Elle ne vivrait jamais les fantasmes qui hantaient ses nuits, ces rêves érotiques qui lui donnaient chaud dans son lit et l'empêchaient de fermer les yeux.

Et ce soir… Mais elle était en train de rêver à ce qu'elle éprouverait entre les bras de Dario alors qu'elle se trouvait devant un prêtre !

Il n'avait toujours pas lâché sa main. Il la serrait même plus qu'avant. Pensait-il qu'elle pourrait avoir l'idée de s'enfuir ? Qu'elle serait capable de ne pas lui donner ce qu'elle s'était engagée à lui offrir ? Lui-même avait respecté sa promesse — elle le savait par son père —, et il pensait qu'elle allait revenir sur sa parole ? Croyait-il vraiment qu'elle serait capable de s'enfuir ?

— Je le veux, répéta-t-elle, sans réfléchir, sans prêter attention aux légers rires de l'assistance.

Contrairement aux invités, Dario ne souriait pas. Son expression était toujours aussi sombre. Ses yeux ne révélaient aucun sentiment.

Tant bien que mal, elle survécut au reste de la cérémonie. Ils prononcèrent leurs vœux et échangèrent leurs alliances. Ils étaient désormais mari et femme.

— Vous pouvez embrasser la mariée, annonça enfin le prêtre.

Dario l'enveloppa aussitôt de ses bras puissants, la soulevant avant de plaquer la bouche contre la sienne et de l'entraîner dans un baiser d'une avidité inouïe.

Elle ne s'attendait pas à une telle passion. Elle s'agrippa à lui pour ne pas faiblir, mais son parfum musqué l'enivra, et lui donna le vertige. Elle oublia alors tous ses doutes.

Lorsque Dario la relâcha enfin, elle se laissa glisser au sol.

— Ne laisse personne croire que ce n'est pas un véritable mariage, lui murmura-t-il dans le creux de l'oreille.

Puis il continua à voix haute :

— Bienvenue dans ma vie, madame Olivero.

Pourquoi n'avait-il pas simplement dit : « Bienvenue dans mon lit » ? Parce qu'il n'en avait pas besoin : il lui avait communiqué son désir dans son baiser. Elle avait bien ressenti la passion animale et la soif de volupté, mais rien d'autre. Il n'y avait rien d'autre, de toute façon. Elle lui appartenait, il le lui avait prouvé. Il allait obtenir ce qu'il désirait, et elle aurait été stupide de chercher autre chose dans ce baiser.

Tant bien que mal, elle remonta l'allée, la main dans celle de Dario, souriant à sa famille et à ses amies. L'église était pleine, mais seuls quelques amis de Dario avaient fait le déplacement depuis l'Italie.

Il souriait poliment aux invités, mais il semblait tendu. Il regardait également à droite et à gauche, comme s'il cherchait quelqu'un.

En fait, il était seul.

Et elle ne pouvait s'empêcher d'éprouver de la peine pour lui. Sa mère était décédée et il n'avait aucune autre famille, à part Marcus, mais celui-ci n'était évidemment pas présent, ainsi que son père.

— Je suis désolée, murmura-t-elle.

— Désolée ?

— Oui, ma famille… Elle a monopolisé l'église.

— C'est la vie.

— Mais tu…

Elle n'acheva pas sa phrase. De toute façon, elle n'arriverait pas à l'atteindre.

— Ce n'est rien, dit-il. Seul compte notre couple. Ce n'est pas bien grave, si je n'ai pas de famille.

Un gros nuage vint cacher le soleil à cet instant, et Alyse ne put réprimer un frisson. Etait-ce le rafraîchissement de l'air qui la faisait frissonner, ou les mots de Dario ?

Je n'ai pas de famille.

En effet. Il n'avait pas de famille, et n'en aurait jamais, si elle avait bien compris.

7.

— Je n'arrive pas à croire que je suis ici…

De la main, Alyse se protégea du soleil. Le spectacle de la campagne autour d'eux était magnifique, la vue depuis la terrasse de la maison spectaculaire. Au loin, elle apercevait les vignes appartenant à Dario.

— Pourquoi pas ? demanda-t-il.

Tout simplement parce que jamais elle n'aurait imaginé qu'il l'inviterait chez lui. Dario était un homme secret, qui protégeait farouchement son intimité. Jusqu'à présent, il ne lui avait pas dit grand-chose sur sa vie privée. Aussi ne s'attendait-elle pas à ce qu'il la kidnappe à l'issue de la réception puis l'emmène, dans son jet privé, jusqu'en Toscane.

Pourtant, il l'avait fait. Elle se trouvait maintenant dans la demeure de cet homme qu'elle avait épousé quelques heures plus tôt.

— Je ne pensais pas que nous partirions en lune de miel, dit-elle, émue.

Au fond, ils avaient tout fait à l'envers. Ils auraient dû commencer par apprendre à se connaître, avant de se marier. Aujourd'hui encore, elle ne savait pas grand-chose de cet homme qu'elle pouvait à présent appeler son mari, cet homme dont elle partagerait le lit ce soir et tous les soirs suivants, tant que durerait leur mariage.

— Je t'avais promis que nous ferions les choses comme il faut, que nous nous marierions dans les règles de l'art.

— C'est vrai, tu l'avais dit.

Pour un mariage organisé en quelques jours à peine, tout s'était parfaitement déroulé.

Comment sa famille aurait-elle réagi, si elle avait su qu'elle s'était vendue à Dario ?

Autant ne pas y penser, car cela n'y changerait rien.

— La cérémonie était merveilleuse, du début jusqu'à la fin, dit-elle.

Elle n'avait pas besoin de forcer son enthousiasme : la fête avait été magnifique.

Ils avaient ôté leurs tenues de cérémonie et revêtu des habits plus adaptés à la température printanière de la Toscane, et elle le trouvait beau comme un dieu. Il portait une chemise dont il avait remonté les manches et un jean. Il avait aussi retiré ses chaussures et marchait pieds nus, sur la terrasse chauffée par le soleil.

Sur cette terrasse, devant cette vue à couper le souffle, il était encore plus beau et plus sexy qu'en Angleterre.

— C'était une journée parfaite, déclara-t-elle.

Elle fit quelques pas pour le rejoindre et déposer un baiser de remerciement sur sa joue râpeuse.

— Je sais que tous les invités étaient contents.

— Pour être honnête, l'opinion des invités m'importe peu. Mais si tu es contente, je le suis aussi.

Sa réaction ne la surprenait pas. Il avait traversé la journée comme un témoin extérieur, comme s'il ne l'avait pas réellement vécue.

— Merci pour tout.

Ses lèvres n'étaient plus qu'à quelques centimètres de son beau visage. Elle était si proche qu'elle pouvait sentir son parfum envoûtant et se noyer dans son regard.

Peu à peu, l'émotion la gagna. Son estomac se noua, sa gorge se serra et son rythme cardiaque s'emballa.

— Je suis sûr que je trouverai bientôt que tout cela en valait la peine.

— Oh…

Il faisait sans doute référence à… Une petite angoisse la saisit. Cette nuit, Dario obtiendrait son dû. Sa récompense. En revanche, pour elle, il ne s'agirait pas d'une récompense. Il s'agirait avant tout d'une histoire de sensualité, et surtout de désir. Un désir intense et presque animal.

— C'est certain, je trouverai bientôt que mon investissement en valait la peine.

Ce n'était plus sa joue qu'elle embrassait, mais sa bouche sensuelle. Sans la moindre hésitation, il s'empara de ses lèvres, comme si elles lui revenaient de droit.

D'ailleurs, ne lui revenaient-elles pas de droit, du fait de leur contrat ?

Ses lèvres s'attardèrent sur les siennes et, instantanément, elle oublia tout. Elle oublia tous ses doutes, toute sa retenue. Il ne s'agissait pas seulement d'offrir à Dario ce pour quoi il avait payé. Il s'agissait également de son propre désir. Cette nuit, ils l'attendaient tous les deux, ils la désiraient tous les deux. Le feu qui brûlait entre eux depuis leur rencontre allait enfin les consumer.

Ils auraient pu céder plus tôt, si elle n'avait décidé qu'elle préférait attendre leur nuit de noces.

Elle ne comprenait plus, à présent, pourquoi elle avait imposé ce délai.

Le seul point positif, c'était que cette attente n'avait fait qu'accroître leur désir.

— J'ai assez attendu…, marmonna-t-il entre deux baisers, avant de reprendre possession de ses lèvres et de l'embrasser avec une passion redoublée. Beaucoup trop longtemps.

— Oui, beaucoup trop longtemps…

Pourquoi avait-elle cru qu'il était important que Dario attende ? Elle le désirait déjà, quinze jours plus tôt. Cette attente n'avait fait que la tourmenter un peu plus.

Elle resserra les bras autour du cou de Dario et enfouit les doigts dans son épaisse chevelure. Son cœur battait si fort dans sa poitrine qu'elle avait l'impression qu'il allait exploser.

— Beaucoup trop longtemps, répéta-t-elle encore une fois.

Elle entendit un petit rire qui glissa sur sa peau comme une caresse supplémentaire. Sous le charme, elle se lova un peu plus contre Dario et écrasa ses seins contre son torse puissant. Elle avait chaud, beaucoup trop chaud, mais c'était excitant et délicieux, d'avoir chaud…

— Alors pourquoi…, commença-t-il.

— Parce que j'en avais le droit. Et parce que j'étais idiote.

— Tu as raison, c'était idiot. Moi aussi, j'ai été un idiot en acceptant. Dieu merci, c'est fini.

Ses mains commencèrent à ouvrir sa robe, effleurant la peau de son dos, y faisant glisser de délicieux frissons de plaisir. Puis il la souleva et la prit dans ses bras. Lorsqu'il glissa une main entre sa robe et sa peau, des feux d'artifice explosèrent en elle. Elle n'en pouvait plus d'attendre, il était en train de la faire mourir.

— C'est fini, maintenant, dit-il en l'entraînant.

Elle ne connaissait pas encore bien la villa.

Ils étaient arrivés moins d'une heure plus tôt, et leurs bagages avaient été emportés dans leur chambre par des domestiques très discrets. Dario lui avait ensuite proposé de boire un verre de vin sur la terrasse.

Ils s'arrêtèrent plusieurs fois dans l'escalier pour s'embrasser, pour se caresser contre le mur, pour se découvrir. Dario semblait avoir une connaissance intuitive de son corps, devinant quelles caresses lui faisaient le plus d'effet, quels baisers elle aimait le plus. Les murs de plâtre étaient froids, contre sa peau brûlante, mais cela ne la dérangeait pas. Un incendie de désir était en train de faire rage en elle.

— Alyse…

La voix de Dario était chaude et ensorcelante.

Elle se débarrassa de ses chaussures et les entendit tomber sur le sol. Elle ne voulait surtout pas interrompre la vague de passion qui déferlait en elle. Ni retarder ce moment qu'elle savait inévitable depuis qu'ils s'étaient rencontrés. Elle refusait d'attendre une seconde de plus. De toute façon, elle n'en était pas capable.

Elle parvint à glisser les mains entre leurs corps et ouvrit sa chemise, arrachant les boutons récalcitrants. Elle était trop impatiente, elle mourait d'envie de caresser son torse musclé, de s'attarder sur chaque parcelle de sa peau.

Envoûtée par la vision de ce corps d'Apollon, elle planta les ongles dans sa peau. Quel plaisir de sentir son rythme cardiaque contre sa main, et de l'entendre pousser des gémissements !

Dario ouvrit une porte à l'étage, et son cœur fit de nouveaux bonds dans sa poitrine. Elle commençait à avoir du mal à respirer, tant elle était émue. Son sang courait dans ses veines, telle la lave d'un volcan en éruption. Tous ses sens étaient en éveil.

Il la déposa sur le lit, un peu brusquement à son goût.

— *Momento…*

Il se débarrassa de son pantalon, de son caleçon noir, puis se pencha pour reprendre possession de sa bouche pour la goûter, la déguster voluptueusement. En proie à ses baisers, elle se livrait totalement, elle abdiquait.

Elle était déjà à moitié nue. Sa robe était largement ouverte, dévoilant son soutien-gorge de dentelle rose, mais elle ne se sentait pas gênée le moins du monde.

— Maintenant… Maintenant, Dario.

Sa patience avait atteint ses limites.

— Non, attends.

Attendre ? Mais son corps ne pouvait plus attendre ! Heureusement, une seconde plus tard, il s'allongea sur elle, l'emprisonna entre ses bras puissants, tout en ouvrant le tiroir de la table de chevet.

— Ce n'est pas nécessaire. Je suis protégée.

Il la regarda, son impressionnante virilité reposant contre sa cuisse, attisant encore son impatience et son désir.

— Je préfère être sûr.

— Comme tu veux.

Il traça un chemin de baisers humides sur sa poitrine, prit ses seins en coupe, et elle rejeta la tête en arrière. Cet homme l'ensorcelait. Il referma ensuite la bouche sur une des pointes offertes, et elle laissa échapper un petit cri de plaisir. Quelle délicieuse torture !

— Je n'en peux plus…

Elle était en train de perdre la tête. En fait, elle avait déjà perdu la tête !

En feu, elle se mit à s'agiter contre lui, les jambes largement ouvertes. Elle le voulait, tout de suite. Impossible d'attendre une seconde de plus.

— Viens en moi, Dario.

Sans un mot, il s'insinua enfin en elle et elle retint son souffle, sous le choc. Lorsqu'elle se cambra, il la pénétra un peu plus profondément.

— C'est parfait.

— Oui, parfait…

Il se mit à aller et venir dans sa chaleur, et elle referma les bras autour de lui pour le sentir encore mieux. Quel délice ! Quel enchantement !

Les sensations étaient si fortes qu'elle ne parvenait plus à garder la tête froide, encore moins à réfléchir. La passion était en train de la faire chavirer, les sensations inédites lui faisaient perdre la tête.

Elle reconnut soudain les prémices de l'orgasme. S'abandonnant à la volupté, elle serra Dario un peu plus fort.

— Dario, Dario…

Elle n'était plus qu'une boule d'émotions. Elle découvrait des sommets de sensualité jamais atteints.

Tous ses muscles se tendirent soudain, et elle explosa enfin, exhalant sa jouissance dans un long cri.

Le soleil commençait à poindre lorsqu'elle s'étira et ouvrit les yeux. Elle esquissa un sourire. Elle avait des courbatures dans des endroits surprenants, ce matin !

Dario s'étira langoureusement à côté d'elle.

Leurs vêtements étaient disséminés çà et là dans la chambre, preuve de la folie de la nuit passée.

— Tu as déchiré ma robe.

Pour le lui prouver, elle attrapa les morceaux de tissu qui en restaient.

— Elle me dérangeait, répliqua Dario, le regard triomphant.

Il redressa les épaules, sur lesquelles elle pouvait apercevoir les marques laissées par ses ongles.

— Je t'en achèterai une nouvelle.

Ses beaux yeux bleus brillaient et lui réchauffaient le cœur. Son sourire la rassurait aussi, l'enveloppant de bien-être et de douceur.

— Le problème, c'est que je serai obligé de déchirer cette nouvelle robe, ajouta-t-il. Je te préfère nue.

Tout en parlant, il laissa son regard gourmand glisser sur son corps. Instantanément, ses seins se tendirent et sa température grimpa en flèche.

— C'est ainsi que je voudrais que tu sois pour le reste de ta vie, reprit-il d'une voix enjôleuse, aussi douce et légère qu'une caresse.

— Ce n'est pas très pratique…

— Peu importe.

Dario venait maintenant de prendre ses seins en coupe. Ses pouces jouaient avec les pointes tendues.

Elle ne put réprimer un frisson. Son entrejambe devenait douloureux tant elle le désirait. L'air commençait à lui manquer.

— Un mariage, c'est d'abord une question de plaisir.

Il pinça un peu plus fort ses mamelons, et elle rejeta la tête en arrière, les yeux fermés. Il était en train de la rendre folle de désir.

Il passa alors une langue malicieuse sur ses seins.

— C'est une question de plaisir, insista-t-il. N'est-ce pas, *bellissima* ?

Elle n'avait plus envie de se retenir. De toute façon, que cherchait-elle à lui cacher ? Rien, et cela ne faisait que retarder le plaisir et la satisfaction qui lui manquaient tant.

— Oui…

Elle avait du mal à parler, tellement elle avait faim de sensualité.

— Je ne peux pas t'entendre.

Il la provoquait ?

Elle rouvrit les yeux, étonnée de voir qu'il s'était encore approché. Sa bouche touchait presque la sienne.

— Oui, oui !

Elle en avait assez de se retenir. A bout, elle se jeta à son cou, pressa la bouche contre la sienne, puis le chevaucha. Elle l'embrassa aussi fort que possible et laissa ses mains partir à la découverte de son corps, sans jamais cesser de sourire en l'entendant gémir.

Baissant les yeux vers son sexe tendu à l'extrême, elle referma la main autour de sa peau veloutée et le vit réprimer un cri de plaisir.

— Puisque c'est une question de plaisir…, dit-elle d'une voix légèrement moqueuse.

Elle était heureuse de le soumettre à cette délicieuse torture, heureuse de le voir devenir fou de plaisir. Elle adorait tenir son sexe puissant entre ses mains.

— Est-ce que tu aimes ?

— C'est… pas mal.

Sa voix était sourde et envoûtante.

— Seulement pas mal ?

Il la saisit par les épaules et la fit se retourner sur le dos. Puis il s'allongea sur elle.

— Oui, pas mal, *mia bella strega*.

S'emparant de ses mains, il les tint serrées, plaquées contre le matelas, puis glissa un genou entre ses jambes avant de prendre son sein dans sa bouche.

Il la pénétra ensuite d'un mouvement d'une incroyable puissance.

— Voilà qui est beaucoup mieux.

8.

— A propos de robe…

Les premiers rayons du soleil s'insinuant à travers les persiennes, Dario s'étira, roula sur le côté, puis se redressa sur l'oreiller.

— Quel était le problème, avec la robe de mariée que Lynette a dessinée pour toi ?

Il avait posé la question comme si de rien n'était, mais elle n'était pas dupe. Elle se doutait bien qu'il finirait par le faire, et elle s'y attendait. Malgré tout, son ventre se serra, et le bien-être qu'elle éprouvait quelques secondes plus tôt s'évanouit.

— Tu parles de la robe que tu voulais que je porte ? Celle qui était censée impressionner Marcus et son père ?

Cette robe qui devait montrer au monde entier qu'elle lui appartenait, désormais.

— Elle ne te plaisait pas ?

— Si, elle était magnifique, mais…

Pendant les préparatifs du mariage, elle avait eu l'impression d'étouffer. Elle n'entendait plus rien, ne voyait plus rien. Comme si elle était entraînée dans un tourbillon, sa vie tout entière lui échappait, sans qu'elle puisse contrôler quoi que ce soit.

Aujourd'hui, elle éprouvait un peu la même sensation, mais pour des raisons bien différentes.

— Je voulais juste avoir mon mot à dire sur ma robe de mariée. Tu sais bien que c'est le rêve de toutes les petites filles, de choisir leur robe pour le plus beau jour de leur vie.

— Je vois, répondit-il.

Mais, dans son regard, elle voyait bien qu'il ne comprenait pas pourquoi elle avait choisi une robe si banale, alors qu'elle aurait pu porter un modèle unique spécialement dessiné pour elle.

— J'étais pourtant prêt à t'offrir…

— C'est exactement ce que je ne voulais pas.

Elle s'adossa contre ses oreillers pour mieux le voir. Hélas, la pièce était encore trop sombre pour qu'elle parvienne à lire dans ses yeux le fond de sa pensée.

— Tu m'as déjà offert beaucoup, Dario. Je ne pouvais pas accepter cette robe, c'était beaucoup trop.

— J'aurais été heureux de te l'offrir, c'était ton mariage.

— Tu ne comprends donc pas que c'est le fait de demander qui fait toute la différence ? Or tu ne m'as pas posé la moindre question ! Tu as simplement fait livrer la robe.

Il fronça les sourcils, le regard noir. Apparemment, il avait du mal à comprendre son point de vue.

— Je voulais que tu vives le mariage de tes rêves, protesta-t-il.

Puisqu'il ne s'agissait pas d'un mariage d'amour, puisqu'il ne pouvait feindre des sentiments qui n'existaient pas, il avait voulu lui offrir une compensation. Pour qu'elle soit heureuse, il avait sorti son carnet de chèques, imaginant que cela suffirait.

— Je pense plutôt que tu désirais faire ce que *toi*, tu voulais, objecta-t-elle.

Dario, piqué au vif, se redressa d'un bond et la fixa. Elle était adossée contre les oreillers, ses beaux cheveux blonds en désordre autour de son visage.

— Tu ne pensais pas vraiment à moi, poursuivit-elle.

Elle l'accusait, à présent ? Avec tous les efforts qu'il avait faits ?

— Tu as raison, répondit-il d'un ton sarcastique. Pourquoi me serais-je inquiété de ce que portait ma future épouse, vu qu'il ne s'agissait pas d'un mariage d'amour ?

— Parce que tu voulais triompher face à Marcus. Tu tenais absolument à lui montrer qu'il avait perdu. Tu voulais également montrer à ton père ce que tu avais gagné.

Que pouvait-il répondre à cette accusation ? Aucune réponse ne lui venait, à vrai dire.

Il réfléchit durant quelques secondes.

Avait-elle raison ? Avait-il vraiment voulu qu'elle porte une robe coûteuse pour pouvoir narguer son père et son demi-frère ?

Si tel avait été le cas, il avait échoué. Il avait bien invité Henry Kavanaugh à la cérémonie, mais celui-ci n'avait pas daigné venir. Il s'était contenté de lui envoyer une lettre de félicitations, mais une lettre froide et dépourvue d'amabilité.

Et dire qu'en se mariant il espérait enfin obtenir la reconnaissance de son père… Heureusement qu'Alyse avait obtenu ce qu'elle désirait de ce mariage — la sécurité pour ses parents et la liberté —, parce que lui, de son côté, il n'avait rien gagné du tout.

— Je pensais que toutes les filles rêvaient à leur mariage dès leur plus jeune âge, fit-il remarquer. Je croyais qu'elles choisissaient leur robe avant même d'avoir trouvé l'homme de leurs rêves.

— Toutes les filles ?

Elle se tourna vers lui, le menton levé d'un air de défi.

— C'est donc ainsi que tu me vois ? Pour toi, je ne suis qu'une « fille » comme une autre ? Si je comprends bien, n'importe quelle femme aurait pu faire l'affaire dans ton lit.

— Bien sûr que non !

Il sentait la colère monter, d'abord à cause de ses accusations, mais aussi pour des raisons qu'il ne comprenait pas. Et qu'il n'avait pas envie d'approfondir pour le moment.

— Tu n'es pas comme les autres femmes, et tu ne le seras jamais, déclara-t-il. Penses-tu vraiment que j'aurais fait tous ces efforts, que j'aurais renoncé à ma liberté et investi autant d'argent pour n'importe quelle femme ?

Alyse nota qu'il n'avait pu s'empêcher de mentionner l'argent. Il était décidément incorrigible.

— Merci, Dario, répondit-elle d'un ton amer.

A présent, elle avait l'impression d'être une fille facile, prête à tout en échange de quelques billets.

Pourquoi croyait-il donc qu'elle était ici ? S'imaginait-il qu'elle l'avait suivi uniquement parce qu'il avait remboursé l'argent volé par son père ?

Oui, c'était ce qu'il devait penser.

Certes, l'argent était une des raisons de sa présence en Toscane, mais ce n'était pas l'argument qui avait achevé de la convaincre. Elle avait dit oui parce qu'il s'agissait de Dario. Parce qu'elle avait envie d'être avec lui, quelles que soient les circonstances.

— Pour en revenir à la robe, j'étais face à un dilemme, reprit-elle, préférant parler de sa robe plutôt que de leur contrat. Tu me proposais une robe et ma mère m'en proposait une autre. Elle rêvait que je porte sa propre robe de mariée.

— C'est donc la robe de ta mère que tu portais l'autre jour ?

— Non. J'ai choisi de ne pas porter la sienne non plus.

— Pour quelle raison ?

Elle avait refusé car cette robe symbolisait l'amour que ses parents se vouaient l'un à l'autre. Autrefois, elle rêvait de cette robe, mais aujourd'hui, elle savait combien un amour aussi fort pouvait devenir dangereux. Un tel amour ne laissait de place à rien d'autre, à personne d'autre. C'était à cause de cet amour inconditionnel que sa vie était devenue un cauchemar. Hors de question, donc, de porter quoi que ce soit qui lui aurait rappelé le mariage de ses parents.

Son mariage à elle était peut-être dicté par l'argent mais, au moins, il lui offrait la liberté.

— Je voulais la garder… pour un véritable mariage.

Elle n'avait aucune envie de lui révéler les véritables raisons.

— Un *véritable* mariage ? demanda-t-il en prononçant ce mot d'une voix teintée de mépris. Je suis sûr que tu n'as pas envie d'un mariage traditionnel.

— Je pensais à un mariage qui aurait davantage de signification.

— Davantage de signification ?

— Tu ne comprends donc pas ? C'est pourtant évident. Entre nous, il ne s'agit pas d'un véritable mariage, mais seulement d'un contrat. Tu achètes et je…

— Tu fais quoi ? Tu te vends ?

Sa voix était sèche et presque menaçante.

— Inutile de se faire des illusions, nous savons tous les deux qu'il n'y a rien entre nous. A part du désir, évidemment.

— Evidemment, répéta-t-il d'un ton glacial. L'as-tu expliqué à ta mère ?

— Bien sûr que non. Tu crois qu'elle aurait été capable de me voir remonter l'allée de l'église dans ces circonstances ? Elle aurait perdu la tête, si elle avait su à quoi ce mariage servait. Je lui ai juste dit ce que je t'ai dit, c'est-à-dire que j'avais envie de choisir, et de payer moi-même ma robe.

Après tout, il s'agissait de *son* mariage. Elle n'avait de comptes à rendre à personne.

— Toutes les filles n'ont pas envie de porter la robe de leur mère, poursuivit-elle. Au contraire. La plupart rêvent d'une robe unique.

— Pas ma mère. Elle ne s'est jamais mariée et n'a jamais mis de belle robe.

Alyse désirait peut-être obtenir sa liberté et prendre ses distances avec ses parents, mais au moins, elle savait qu'elle avait été un enfant désiré et aimé. Elle avait grandi entourée de ses deux parents, et n'avait jamais été délaissée.

— Mon père ne nous a jamais reconnus, ni elle ni moi, reprit-il. Lorsqu'ils se sont rencontrés, ma mère ignorait qu'il était marié et Henry n'a pas pris la peine de le lui dire. Pour lui, il s'agissait juste d'une aventure d'un soir. Elle a découvert qu'elle était enceinte et…

— Elle le lui a dit ?

Il passa les mains dans son épaisse chevelure. Il semblait las, tout à coup.

— Oui. Du moins, elle a essayé. Elle lui a écrit, elle a aussi économisé pour aller le trouver chez lui. Sans succès, parce qu'il lui a claqué la porte au nez.

« Pauvre femme… », songea Alyse.

— Elle a tenté sa chance une nouvelle fois, après ma naissance. Elle m'a emmené avec elle, persuadée que mon père ne renierait jamais son fils.

Il se tut pendant quelques secondes, avant de poursuivre.

— C'est pourtant ce qu'il a fait. Elle n'a même pas pu passer la porte. Un des domestiques a menacé d'appeler la police. Elle n'a pas renoncé pour autant. Elle a essayé une nouvelle fois, à l'occasion de mon premier anniversaire, puis tous les ans à cette même date. Jusqu'à ce qu'elle tombe malade, elle n'a jamais renoncé. Cette année-là, c'est moi qui y suis allé, pour lui demander de l'aide.

Elle devinait à sa voix l'amertume qui l'emplissait. Il n'avait guère eu envie d'approcher son père, mais il l'avait fait pour sa mère.

— J'aurais aimé qu'il puisse faire quelque chose pour soulager sa douleur.

— A-t-il accepté ?

— Non. Pas un mot, pas un signe. Ma mère est morte seule, abandonnée. J'ai appris, depuis, qu'il n'avait jamais eu le message, mais ce n'est que récemment que j'ai découvert pourquoi.

— Marcus ?

Il répondit d'un simple signe de tête.

Alyse ne put réprimer un frisson. Le soleil avait soudain été caché par un nuage sombre, aussi sombre que la haine que se vouaient les deux frères.

— Je me suis juré que je garderais mes distances avec eux, reprit-il.

— Alors comment as-tu appris, pour les dettes de ma mère ? Et pour les problèmes de mon père ?

Il lui adressa un sourire désabusé.

— Je ne voulais rien avoir à faire avec les Kavanaugh, mais par mon travail, j'ai tout de même des contacts. C'est facile d'obtenir des informations. C'est ainsi que j'ai appris que Henry avait eu une attaque et que Marcus dirigeait maintenant l'entreprise.

Il avait alors décidé de se venger de son demi-frère, ce frère qui avait laissé sa mère mourir seule.

— Ensuite, il m'a été facile de découvrir que mon cher frère jouait avec toi. A ses yeux, tu ne représentais qu'un trophée. Il voulait exercer un chantage sur toi : soit le mariage, soit ta famille était détruite.

— C'est pour cette raison que tu es venu me chercher ?

Il ne prit pas la peine de la contredire. Son accusation n'avait pas l'air de le déranger. Ce n'était pas le cas d'Alyse. Savoir qu'il avait été prêt à tout pour se venger de son demi-frère la dérangeait.

Elle repensa à la soirée où elle l'avait rencontré. Il avait traversé toute la salle de bal pour venir à sa rencontre. Sur le moment, elle avait cru que c'était parce qu'il ne pouvait s'en empêcher, parce qu'elle l'avait irrésistiblement attiré. Mais lorsqu'elle lui avait appris son nom, elle avait bien remarqué une réaction sur son visage.

— Tu t'es présentée à moi, souviens-toi, ce n'est pas l'inverse, répondit-il enfin. J'avais juste des soupçons et tu les as confirmés.

— C'est donc ce que je représente pour toi…

Elle s'en doutait déjà, mais la vérité la blessait.

— Je… Je suis un trophée ?

Il plongea le regard dans le sien.

— Tu es la seule épouse que j'aie jamais désirée. Mais je te l'ai dit, la famille, ce n'est pas pour moi.

Il lui disait les mots qu'elle avait envie d'entendre et, la seconde suivante, il brisait ses espoirs, saccageait ses rêves. Au fond, il jouait avec elle comme un chat avec une souris.

— Si cela peut t'aider, reprit-il comme s'il avait deviné ses pensées, je n'imaginais pas te désirer à ce point.

— Alors il ne s'agissait pas simplement de te venger de ton père et de Marcus ?

— Non. Entre nous, il y a une incroyable alchimie. Tu l'as ressentie toi aussi, tu ne peux pas le nier.

— Je ne le nie pas.

Elle plongea dans son regard couleur azur. Si seulement ces mots pouvaient être vrais !

— Peu importe qui nous sommes : l'attirance était trop forte, nous ne pouvions pas échapper à notre destin. Entre nous, c'était inévitable.

Pendant qu'il parlait, il posa la main sur la sienne, et commença à la caresser. Un délicieux frisson glissa le long de son dos et, peu à peu, les battements de son cœur s'accélérèrent.

— Inévitable…, répéta-t-elle.

Elle ferma les yeux et s'abandonna à la douceur de ses caresses.

— Oui, inévitable.

La voix de Dario était maintenant rauque, comme un vent chaud qui lui aurait réchauffé le corps et l'âme. Sa main allait et venait sur son corps, réveillant tous ses sens, allumant des dizaines d'étincelles. Incapable de résister à la tentation, elle laissa échapper un soupir de plaisir et se cambra contre lui tandis qu'il prenait possession de son corps.

9.

— *Buongiorno*, belle au bois dormant…

Dario déposa un baiser sur la bouche d'Alyse, tandis qu'elle s'étirait langoureusement.

— Tu te réveilles ?

— Mmm…

Elle se recroquevilla comme un petit chat. Il adorait la voir dans cette position, comme si elle n'attendait que ses caresses.

— Tu te lèves ?

— D'abord, il faudrait déjà que je me réveille.

Elle lui adressa un sourire à moitié endormi, mais qui fit pétiller tous ses sens. Qu'elle était belle… Et comme il avait envie de la prendre dans ses bras…

— Je n'avais pas l'intention de me lever, reprit-elle d'une voix enjôleuse. Je pensais rester au lit. Avec toi.

Elle tendit la main, effleura son pantalon, et, instantanément, un bouquet de sensations exquises explosa en lui.

— Tu devrais enlever ton pantalon. Et le reste aussi.

— Alyse !

Il mimait la réprobation, mais il rêvait de lui obéir et de la rejoindre dans le lit. Son corps était prêt, son sexe était tendu à l'extrême, son sang accélérait dans ses veines. Il n'attendait qu'un seul mot pour la rejoindre.

— Dario ! lança-t-elle d'une voix moqueuse, en l'imitant. Pourquoi hésites-tu ? Tu n'as pas envie de passer toute la journée au lit avec moi ? Nous nous lèverions juste pour manger un peu et déguster quelques gouttes d'un bon vin, si nous avons besoin de nous rafraîchir. Le reste du temps, nous serions libres de faire l'amour, encore et encore.

Tout en parlant, elle lui adressa un clin d'œil malicieux qui l'électrisa. Elle était en train de lui faire perdre la tête.

Le soleil donnait une teinte dorée à son corps de déesse, soulignant ses courbes envoûtantes.

— C'est ce que nous avons fait hier, et avant-hier, lui fit-il remarquer.

Elle ne l'avait sûrement pas oublié.

— Tu le regrettes ? Tu as une meilleure idée d'activité ?

Il plongea dans ses prunelles, aussi fascinantes que des pierres précieuses.

— Tu en as assez de moi ?

— Assez de toi ? Non, bien sûr que non !

Elle semblait, malgré tout, avoir des doutes. Y avait-il un problème ?

Depuis leur arrivée, elle était chaleureuse, passionnée, toujours prête à le combler. Elle semblait insatiable, comme lui, d'ailleurs, et plus les jours passaient, moins il arrivait à lui résister. Elle le rendait tellement fou que la veille, il n'avait même pas eu le temps d'attraper un préservatif. Heureusement, elle prenait la pilule.

— Comment pourrais-je en avoir assez de toi ? reprit-il. Est-ce que je t'ai paru fatigué, hier soir ?

Il repensa à la façon dont ils s'étaient endormis dans les bras l'un de l'autre, épuisés d'avoir fait l'amour.

Elle répondit d'un sourire.

Malgré tout, il percevait toujours des nuances sombres dans son beau regard.

Mais il s'efforça de les oublier. Il avait d'autres projets, pour aujourd'hui.

— Je pensais que nous pourrions sortir, ce matin, visiter un peu la région et…

— Que veux-tu me montrer ?

— Bologne, Florence, Pise… Tu pourrais même prendre la photo que prennent tous les touristes, à côté de la tour penchée.

— Je préfère m'intéresser à une autre tour penchée !

Elle baissa les yeux vers le renflement de sa braguette, mais il s'obligea à demeurer impassible.

— Bon, reprit-elle, puisque j'ai l'impression que tu ne céderas pas, pourquoi ne pas aller à Pise ? La tour est proche du Campo Santo ?

— Oui, pourquoi ?

— J'ai entendu dire qu'il y avait là des fresques qui méritaient le détour. Ne me regarde pas comme ça ! N'oublie pas que j'ai étudié l'histoire de l'art à l'université.

Il avait toujours imaginé qu'elle travaillait dans une galerie d'art simplement pour s'occuper. Apparemment, il s'était trompé. L'art était pour elle une vocation.

— C'est vrai, alors pourquoi…

— Pourquoi est-ce que je travaillais comme réceptionniste ? Parce que cela me permettait de m'approcher du domaine de l'art tout en ayant des horaires souples. C'est aussi à cause de la maladie de ma mère que je vivais toujours à la maison. Mais ne t'inquiète pas, ce ne sera plus le cas. D'abord parce que je ne retournerai pas travailler à la galerie : j'ai donné mon préavis sitôt que nous… que nous avons conclu notre contrat. Ensuite…

— Depuis combien de temps ta mère est-elle malade ?

— Elle est bipolaire et souffre de sautes d'humeur depuis toujours. Elle a fait plusieurs dépressions, ces dernières années. J'ai grandi en sachant que je devais faire attention à ne pas la contrarier.

Certes, sa mère était souffrante, mais sa maladie n'excusait pas tout. Maintenant qu'elle y repensait, son père l'avait bien trop préservée. Résultat : sa mère n'avait jamais eu à affronter les conséquences de ses actes. Du moins jusqu'à la dernière crise, celle dont ils ne seraient pas sortis indemnes sans l'aide de Dario.

— Tu as fait beaucoup pour elle, dit-il.

— Oui, et c'est à mon père de prendre le relais, aujourd'hui.

Depuis son mariage avec Dario, elle était libre. Quel bonheur c'était ! Depuis son arrivée en Italie, elle pouvait enfin vivre comme bon lui semblait, sans que ses parents se servent d'elle. Cette situation était décidément étrange. Elle avait signé un contrat, et pourtant, jamais elle ne s'était sentie aussi libre de ses mouvements.

— Je ne peux pas vivre la vie de ma mère à sa place, poursuivit-elle, je ne peux vivre que ma propre vie.

— Donc, les fresques…

— Oui, les fresques, mais pas seulement. Il y a la tour, et tous les autres sites touristiques de la ville.

Elle rejeta le drap et se leva. Elle se sentait heureuse, et en pleine forme, ce matin.

— Laisse-moi juste une demi-heure pour me préparer.

Il ne répondit pas, tout occupé à la regarder.

— Ne me regarde pas comme ça ! Je te rappelle que tu m'as promis de m'emmener visiter Pise.

— Oui, visiter Pise…

Il regrettait tout à coup sa proposition. Tant pis. Ils iraient jouer les touristes, et ensuite, retour au lit.

Ensuite, retour au lit…

Alyse repensa à la promesse de Dario en fermant les yeux et en tâchant d'oublier l'horrible douleur qui enserrait sa tête dans un étau.

Elle souffrait d'une terrible migraine.

Ce n'était sans doute pas à cela que pensait Dario, lorsqu'il lui avait promis de revenir au lit.

En fait, la migraine avait commencé dès leur départ de la maison. Lorsqu'ils étaient arrivés à Pise, la douleur était telle qu'elle avait été obligée de demander à Dario de faire demi-tour et de rentrer sans attendre. Elle n'en pouvait plus.

Ils étaient rentrés juste à temps, avant que la nausée la gagne.

Cela faisait maintenant plus de vingt-quatre heures, et elle était toujours au lit.

Elle n'en aurait pas voulu à Dario s'il l'avait abandonnée et avait demandé à ses domestiques de prendre soin d'elle. Sauf qu'il ne l'avait pas fait. Lorsqu'ils étaient rentrés, il l'avait portée jusqu'à la chambre, il l'avait déshabillée sans la brusquer puis l'avait allongée sur le drap frais, lui avait apporté des médicaments, puis la bassine dont elle avait eu, hélas, besoin très rapidement.

Elle ne se souvenait pas bien des heures suivantes. Elle était restée dans le brouillard pendant un long moment. Parfois, elle entendait simplement la voix de Dario ou sentait ses mains lui rafraîchir le front.

Après quarante-huit heures, le cauchemar s'acheva. Dieu merci ! Elle avait repris des forces, et pouvait enfin envisager de se lever.

Elle retira sa chemise de nuit froissée, se glissa dans son peignoir blanc, puis descendit. Dario était sur la terrasse, face à la magnifique campagne toscane, un verre à la main.

— *Buongiorno, mio marito…*

Il sursauta en l'entendant.

— *Buongiorno, mia moglie.*

Il semblait avoir du mal à parler italien, ce matin. C'était pourtant sa langue maternelle. Peut-être était-il simplement gêné parce qu'elle l'avait appelé « mon époux ».

— Est-ce raisonnable de sortir du lit ?

Il se leva et se hâta de lui avancer un siège.

— Je vais mieux, ne t'inquiète pas. Je crois que ma migraine est enfin terminée.

C'était la vérité, elle se sentait incomparablement mieux, ce matin. Et elle était heureuse de voir Dario, encore plus séduisant que dans son souvenir, torse nu et pieds nus comme il l'était.

— J'ai soif. Tu as de la citronnade ?

— *Naturalmente.*

Il lui servit un verre, le lui tendit, et elle but quelques gorgées.

Elle se mit à le dévisager.

Dario avait l'air différent, ce matin. Quelque chose avait changé en lui, mais quoi ?

— Souffres-tu fréquemment de migraine ?

Sa question ne la surprenait pas, même si elle la redoutait un peu.

— Dieu merci, non.

Elle fixa son regard sur l'horizon pour ne pas croiser ses yeux perçants.

— Je suis désolée, Dario.

— Désolée ? Pour quelle raison ?

— Parce que en m'épousant, tu ne t'es pas engagé à jouer les infirmiers.

Il attendait de leur mariage une amante, une femme désirable dans son lit. Or elle était tout sauf cela, lorsqu'elle souffrait de migraine.

A propos, où avait-il dormi, ces deux dernières nuits ? Elle se rappelait vaguement s'être réveillée et l'avoir vu dans un fauteuil, mais sans doute s'était-il installé ensuite dans une autre chambre.

— Pour le meilleur et pour le pire, dans la santé ou la maladie…, déclara-t-il.

Sa réponse était teintée d'ironie. Ces vœux étaient ceux des véritables mariages, pas des unions de convenance. Ils se terminaient par les mots « jusqu'à ce que la mort nous sépare », et il était évident que cet engagement-là ne serait jamais respecté.

Pourquoi son cœur se serrait-il dans sa poitrine ? Elle n'avait aucune raison de réagir ainsi.

— Combien de temps notre mariage est-il censé durer ?

Elle n'avait pas réfléchi avant de poser cette question. Comment avait-elle pu prononcer ces mots à haute voix ? Quelle idiote elle était ! A présent, il allait croire qu'elle avait hâte de le quitter.

— Tu en as déjà assez ?

— Non, répondit-elle, mal à l'aise, en déglutissant péniblement. Je… Qui pourrait en avoir assez ? Cette maison est un paradis, mais…

Mais cette maison était un paradis dont elle ne devait pas tomber amoureuse car, tôt ou tard, elle devrait le quitter, de la même façon que Dario la quitterait.

Un frisson d'angoisse la parcourut à cette idée.

Elle ferma les yeux pour se reprendre.

Que lui arrivait-il ? Elle ne pouvait évoquer Dario et le mot « amoureuse » dans la même phrase.

— Pourquoi m'as-tu invitée ici ?

Il ne lui avait toujours pas dit pourquoi, et elle était curieuse de connaître la raison.

— Tu sais bien pourquoi.

— Tu voulais respecter les règles.

Soudain, la citronnade n'était plus rafraîchissante, mais lui parut terriblement acide.

— J'avais envie que tu voies ma maison.

La gorge d'Alyse se noua.

Il avait dit *ma maison*, pas *notre maison*. Mais qu'avait-elle espéré ? Pourquoi les mots de Dario la perturbaient-ils à ce point ?

Tout simplement parce que, au départ, ses sentiments étaient différents. Elle était heureuse de l'aide que Dario lui avait apportée, et surtout de se sentir enfin libre.

Au départ, elle avait désiré Dario plus que n'importe quel homme. Aujourd'hui, elle éprouvait pour lui des sentiments qu'elle n'avait jamais connus, à aucun moment de sa vie.

Aujourd'hui, elle avait la certitude que son cœur allait se briser en deux, le jour où elle quitterait Dario et la

Villa d'Oro. Car, sans s'en apercevoir, elle était tombée follement amoureuse de son époux.

Cette pensée lui fit peur, d'un seul coup.

— Est-ce que… Est-ce que ta mère a vécu ici ? demanda-t-elle.

Mieux valait changer de sujet, pour qu'il ne remarque pas son trouble.

— Non, jamais.

Dario se rappela qu'il n'avait pu aider sa mère, lorsqu'elle était malade. A l'époque, il ne gagnait pas suffisamment d'argent pour lui offrir le confort et le bien-être dont elle avait besoin.

— J'ai acheté la villa en souvenir de ma mère. Elle avait toujours aimé cette maison, et avait toujours rêvé d'y entrer.

— C'est un lieu magique, il faut le reconnaître.

Il se contenta d'un mouvement de la tête.

Oui, la Villa d'Oro était un endroit magique. Elle lui avait jeté un sort dès qu'il était arrivé. Ces dernières semaines avaient été un rêve : il avait montré la Toscane à Alyse le jour, et lui avait fait connaître des sommets de sensualité la nuit. Ils avaient vécu des moments de plaisir uniques, goûtant les meilleurs vins de sa cave, profitant des nombreux produits locaux. Jamais il n'avait vécu de pareilles vacances.

D'ailleurs, jamais l'idée ne lui était venue de prendre des vacances, auparavant.

Je voulais que tu voies ma maison, lui avait-il dit. Il n'avait jamais dit ces mots à une autre femme.

En fait, il n'avait jamais invité une autre femme dans cette maison.

Et pourtant, cela faisait maintenant plusieurs semaines qu'ils y étaient installés. D'habitude, il passait quelques jours en Toscane avant de repartir travailler, pressé de retrouver le rythme de ses activités. Mais quelque chose avait changé.

Alyse avait changé sa vie.

— Je regrette que ma mère n'ait pas pu venir ici, au moins une fois, pour que son rêve se réalise.

Dans le rêve de sa mère, il vivait dans cette maison avec une femme, une véritable épouse. Or la réalité présente était bien différente.

— Je regrette qu'elle ne puisse pas te voir, aujourd'hui, déclara Alyse d'une voix aussi douce que rassurante.

Il en eut la gorge serrée, et détourna le regard. Il était hors de question qu'elle lise au fond de ses yeux. Il voulait oublier les ombres de sa vie, oublier tous les souvenirs qui pesaient trop lourd sur ses épaules.

— J'ai invité mon père au mariage. Il n'est pas venu.

C'était donc lui qu'il cherchait dans l'assistance… Alyse n'en fut nullement surprise. Malgré son attitude cynique, il aurait aimé que son père vienne le jour où le bâtard qu'il était épousait la femme que Marcus n'avait pas réussi à conquérir.

La famille, ce n'est pas pour moi.

Pas étonnant que Dario lui ait fait cette déclaration. Il n'avait jamais eu de famille à proprement parler : cette notion lui était étrangère.

— Il agit stupidement avec toi, déclara Alyse, parfaitement sincère.

— Tu crois ? demanda-t-il en lui jetant un coup d'œil sceptique.

— Evidemment. Tu as bâti un empire, tu as gagné ton argent seul, contrairement à Marcus, qui a eu tous les privilèges possibles à la naissance.

— C'est ce que je pensais, autrefois. Tout l'argent que je gagnais… Je pensais que, de cette façon, il me remarquerait. Lorsque j'ai gagné autant d'argent que lui, lorsque je suis devenu plus riche…

Il lâcha un rire ironique, qui la fit frissonner.

— Après tout ce temps, je devrais être habitué à son silence, ajouta-t-il.

— Comme je te l'ai dit, ton père agit stupidement. Tu es un homme formidable.

Il se tourna vers elle, le regard noir.

— Et qu'en est-il de l'homme qui a été obligé d'acheter une femme pour qu'elle le rejoigne dans son lit ?

Pourquoi lui posait-il cette question ? Elle détestait le ton cynique qu'il employait d'un seul coup.

— Ce n'est pas ce que tu as fait. Tu n'as pas exercé de chantage non plus. J'étais consentante.

Elle s'approcha de lui, se pencha et l'embrassa sur la bouche avec passion pour lui en donner la preuve. Les pans de son peignoir s'entrouvrirent.

— J'étais consentante, répéta-t-elle avec autant de conviction qu'elle en était capable.

Elle s'installa sur ses genoux, savourant le contact de son érection contre son corps en feu.

— Je le suis toujours, ajouta-t-elle d'un ton langoureux.

— Alyse…

Il enfouit les mains dans ses cheveux et l'attira un peu plus près de lui.

— Laisse-moi te montrer à quel point je suis consentante.

Sans le quitter du regard, elle ouvrit la braguette de son short, libérant sa virilité, qu'elle insinua doucement en elle.

— Est-ce que cela ressemble à du chantage ?

Dario ne répondit pas. Il se contenta d'un mouvement de la tête tandis qu'elle commençait à danser sur lui, à monter et descendre sur son sexe, jusqu'à toucher les étoiles.

10.

Dario relut le message une fois de plus et réprima un juron.

Comment avait-il pu oublier ? C'était la première fois qu'il oubliait quelque chose de ce genre.

La réunion, pour laquelle il venait de recevoir un rappel, était prévue depuis des mois. Elle était prévue avant qu'il épouse Alyse, avant même qu'il la rencontre, lorsqu'il s'était rendu à Londres, et qu'il avait découvert l'odieux chantage qu'exerçait Marcus sur Alyse.

Depuis leur rencontre, il n'arrivait plus à réfléchir. Sa raison et sa mémoire ne cessaient plus de lui jouer des tours.

Il leva les yeux au ciel, puis envoya un message pour confirmer qu'il serait bien présent à cette réunion.

Et si ce rappel était une mise en garde du destin, un avertissement pour qu'il reprenne sa vie en main avant qu'il soit trop tard ?

Ce rendez-vous était certes important, mais il y avait encore plus capital à ses yeux : son père. Il devait régler cette question le plus rapidement possible.

Il n'en avait pas la moindre envie, mais il n'avait guère le choix.

*
* *

— Prépare tes bagages sans tarder.

Elle était en train de manger lorsqu'il lui lança cette injonction.

Surprise, elle leva les yeux vers lui. D'habitude, le petit déjeuner était le moment de la journée qu'elle préférait. Le soleil n'était pas encore trop chaud, et ils étaient tous deux encore à moitié endormis, enveloppés dans un cocon de sensualité et de langueur.

Ce matin, l'ambiance avait changé. Depuis qu'elle avait ouvert les yeux et trouvé Dario debout et vêtu d'un costume, son intuition lui soufflait que cette journée serait différente.

— Pourquoi ? demanda-t-elle, sa cuillère de yaourt encore dans la main.

— Nous rentrons en Angleterre.

Il ne la regardait pas. Il fixait l'écran de son ordinateur portable. C'était la première fois qu'il se conduisait ainsi, l'ignorant de cette façon.

Mal à l'aise, elle remua légèrement sur sa chaise.

— Nous partons ? Comme ça, d'une minute à l'autre ?

A quoi bon masquer son malaise ou faire comme si cette nouvelle ne l'affectait pas ?

— Je dois m'occuper de certaines affaires, répondit-il, relevant la tête et la fixant de son regard perçant.

Alyse se résigna, mais pourquoi se sentait-elle aussi mal à l'aise ? Elle savait pourtant, depuis le départ, que leur séjour de rêve à la Villa d'Oro ne durerait pas éternellement. Elle s'attendait à l'annonce de la fin de leur lune de miel.

Si elle s'y attendait, pourquoi sa gorge était-elle nouée à ce point ? Et pourquoi avait-elle soudain envie de fuir ?

Elle reposa sa cuillère et attrapa un verre d'eau.

Elle n'avait plus faim, d'un seul coup.

A vrai dire, cela faisait plusieurs jours qu'elle ne se sentait pas très bien, mais après l'annonce de Dario, elle se sentit carrément nauséeuse.

— Très bien. Je vais m'en occuper.

Apparemment, il ne servait à rien d'essayer de discuter.

— Une voiture viendra nous chercher à 10 heures.

Déjà ? Il avait décidé du jour et de l'heure du départ, et elle devait lui obéir au doigt et à l'œil ?

La nausée l'assaillit de nouveau.

Sans un mot, elle remonta dans la chambre. Le lit avait été fait, signe que le séjour était bel et bien terminé.

Ce matin, lorsqu'elle s'était levée, les draps étaient froissés, un des oreillers traînait par terre. Et à présent, tous les signes de leur dernier corps à corps sensuel avaient disparu. Le lit semblait immaculé, comme si jamais ils n'y avaient fait l'amour.

Faire l'amour...

Pourquoi utiliser cette expression alors que, pour Dario, il s'agissait seulement de sexe ? Il l'avait payée, elle avait signé ce fichu contrat et...

Elle se souvenait d'un autre point qui figurait dans le contrat. Elle courut s'asseoir sur le lit, sans quoi elle risquait de s'effondrer. Ses jambes ne la portaient plus.

Elle n'avait pas la moindre envie de faire ses bagages. Elle voulait rester ici car, tant qu'ils se trouvaient dans la maison de Dario, elle pouvait croire à l'illusion de leur mariage. Tandis que s'ils rentraient à Londres, tout changerait. Dario ne serait plus l'homme qu'il était ici, sous le soleil de Toscane. Il se concentrerait sur son travail et elle se retrouverait seule dans son appartement, comme une femme entretenue. Le pire était qu'elle devrait faire croire à tout le monde qu'elle était heureuse, qu'elle était folle amoureuse de Dario, et lui d'elle.

Faire croire qu'elle était amoureuse de lui ne serait pas bien difficile. Mais Dario... Même s'il avait bien joué son rôle, jusqu'à présent, il n'était pas amoureux, elle le savait bien.

Le retour à Londres signifiait la fin de leur mariage, la fin du rêve, le retour à la triste réalité.

Une réalité qui lui faisait terriblement peur.

Dario avait tenu parole, il avait aidé ses parents, il les avait sauvés du désastre. En revanche, il n'avait pas précisé la durée de leur union. Il lui avait simplement signifié que ce mariage avait une certaine importance pour lui.

Je t'ai proposé un mariage. Je n'ai parlé ni d'amour, ni d'engagement à vie, ni de dévotion éternelle.

Les mots qu'il avait prononcés lui revinrent en mémoire. Puisqu'il ne s'agissait pas d'un véritable mariage, leur union prendrait forcément fin. Mais quand ? Combien de temps Dario avait-il l'intention de la garder dans son lit et dans sa vie ? Jusqu'à ce qu'il en ait assez ? Comment saurait-elle que ce moment était arrivé ? Et que ferait-elle, lorsqu'il la repousserait ? Que deviendrait-elle ?

Tant qu'ils étaient ici, à la Villa d'Oro, elle avait profité de sa compagnie, elle avait partagé son lit. Elle avait été le centre de ses attentions, elle avait savouré chaque minute qu'il lui consacrait.

Que se passerait-il lorsqu'il lui dirait que tout était terminé ? Comment pourrait-elle supporter de le voir avec une autre femme ?

La nausée la gagna de nouveau.

— Assez ! s'exclama-t-elle tout haut.

Dario lui avait ordonné de faire ses bagages, il se mettrait à coup sûr en colère s'il entrait dans la chambre et la voyait assise sur le lit, complètement abattue. Il lui demanderait quel était le problème, et elle ne pourrait jamais lui avouer la vérité.

Elle repoussa ses questions dans un coin de son esprit, et s'obligea à se lever.

Le vol vers l'Angleterre, qui ne durait pourtant pas longtemps, lui parut interminable. Elle se sentait très mal, et dut se retenir pour ne pas vomir. Le pire, c'était qu'elle devait maintenant faire face aux regards soupçonneux de Dario.

Elle aussi avait des soupçons, sans doute différents, et elle les refoula jusqu'à ce qu'ils arrivent chez lui.

— Je dois sortir, dit-il aussitôt. Je suis désolé, je ne peux pas faire autrement.

Ses excuses auraient sans doute été plus convaincantes s'il ne les avait pas prononcées en ouvrant la porte.

D'un autre côté, elle était soulagée de le voir sortir.

Prétextant avoir besoin d'un antalgique, et priant pour que Dario croie que le moment de ses règles était arrivé — un moment qui avait beaucoup de retard —, elle fit un saut à la pharmacie la plus proche et acheta discrètement un test de grossesse.

Sans attendre, elle se dirigea vers la salle de bains, sortit le test de son sac et le fixa, les mains tremblantes. Elle devait savoir.

Je n'ai pas de famille. La famille, ce n'est pas pour moi.

Pourquoi les mots de Dario tournaient-ils en boucle dans sa tête ?

Combien de temps était-elle censée attendre pour le résultat ? Trois minutes ?

Devait-elle rester ici sans bouger ?

C'était trop long. Elle n'en pouvait plus d'attendre, elle était en train de devenir folle.

Le bâtonnet blanc à la main, elle se mit à arpenter la salle de bains de long en large, puis le salon. Elle avait besoin de se changer les idées.

Pour s'occuper, elle ouvrit un tiroir, le premier visible.

— Oh…

Sous le choc, sa vision se brouilla et elle fit tomber le test dans le tiroir. Elle le rattrapa, le regard toujours fixé sur le courrier posé sur le dessus.

— Non…

La lettre portait l'en-tête des Kavanaugh.

Elle s'en empara d'une main tremblante.

Pourquoi le père de Dario avait-il écrit à ce fils qu'il avait repoussé et abandonné, puis ignoré lorsque celui-ci avait tenté de reprendre contact ?

Il y avait en fait deux lettres, mais, pour l'instant, elle était concentrée sur la première. Son regard était fixé sur la date.

Abasourdie, elle retint son souffle.

Cette lettre avait été écrite avant leur mariage, avant que Dario offre d'aider son père, avant même qu'il lui propose de l'épouser.

Elle avait cru que Dario lui avait fait cette proposition parce qu'il la désirait. En fait, ce n'était pas le cas. Il désirait autre chose, quelque chose de plus important qu'elle.

Au côté de Dario, elle avait cru s'épanouir, devenir enfin libre. Elle avait été bien naïve. Il l'avait utilisée, il l'avait trahie !

Il lui avait menti de bout en bout !

Elle reposa la lettre.

Zut, le test ! Elle l'avait oublié…

Les trois minutes étaient largement écoulées, à présent. Elle baissa les yeux vers le bâtonnet.

— Non !

Plus aucun doute n'était permis. Elle était enceinte.

— Non, non, non…

— Quoi ?

Elle n'avait pas entendu la porte s'ouvrir derrière elle, mais, sans se retourner, elle reconnut la voix de Dario.

— Je suis revenu car je savais qu'il y avait un problème. Vas-tu enfin me dire de quoi il s'agit ?

11.

— Je suis enceinte.

Comment aurait-elle pu lui répondre autrement qu'en avouant la vérité ? A quoi bon essayer de masquer les faits ? Il n'y avait pas trente-six façons d'annoncer la nouvelle. Elle aurait juste aimé disposer d'un petit moment pour s'y faire avant de le lui annoncer, mais puisqu'il était ici, autant lui dire la vérité tout de suite. De toute façon, ils étaient de retour dans le monde réel, la lune de miel était terminée.

— Je suis enceinte…, répéta-t-elle d'une voix hésitante.

Il ne répondait toujours pas, et elle n'osait se retourner pour le regarder. Elle demeura immobile. Si seulement il voulait bien dire quelque chose, n'importe quoi !

Elle l'entendit prendre une profonde inspiration.

— Tu es sûre ? lui demanda-t-il enfin.

Elle se retourna pour lui faire face.

— Bien sûr que j'en suis sûre ! Je sais lire.

Elle leva en l'air le bâtonnet blanc afin qu'il puisse vérifier par lui-même.

— Je suis enceinte. J'attends ton enfant, et si tu me demandes comment, je…

— Je ne vais pas te poser cette question, répondit-il d'un ton froid, dénué d'émotion. Je sais très bien comment tu es tombée enceinte. Je me demande juste quand. La nuit avant ta migraine ?

— Oui, ou bien après, sur la terrasse.

A ce souvenir, elle ne put s'empêcher de rougir. C'était pourtant ridicule.

— J'étais tellement malade que je n'ai pas pris la pilule pendant deux jours, ajouta-t-elle.

Lorsqu'ils avaient fait l'amour sur la terrasse, sans protection, elle n'avait pas pensé une seconde aux conséquences.

A tort.

Il avait bien deviné qu'il y avait un problème, mais jamais il n'avait envisagé cette hypothèse.

Il s'était toujours protégé, lorsqu'ils avaient fait l'amour, à deux exceptions près. Sur le moment, il ne s'était pas inquiété, puisqu'elle lui avait assuré qu'elle prenait la pilule. Sauf qu'elle avait été malade, si malade qu'aucun médicament n'avait pu rester dans son ventre, pendant ces deux jours. Il avait donc peu de doute sur le moment où elle s'était retrouvée enceinte.

A présent, qu'allaient-ils décider ?

Il n'avait pas envie de répondre à cette question, en tout cas pour le moment.

Alyse portait son enfant…

Il baissa les yeux vers son ventre, encore plat, caché sous le jean dans lequel elle avait voyagé.

Comment quelque chose d'invisible pouvait-il avoir un tel impact sur sa vie ? Tout à coup, il en avait le tournis.

Il allait devenir père.

— C'était un moment unique, sur la terrasse, fit-il remarquer.

Elle avait ouvert la bouche, mais aucun mot ne sortait. Pensait-elle qu'il n'était pas sincère ? Comment pouvait-elle le croire ? Il lui suffisait de repenser à ce moment d'une sensualité folle pour sentir son sexe se tendre.

— Je sais…, répondit-elle enfin. Je sais que…

Que la famille n'était pas pour lui.

Lorsqu'il avait prononcé ces mots, après leur mariage, il était sûr de lui. La famille était une notion qui lui était étrangère. Il avait bien une famille, certes, mais il ne la connaissait quasiment pas.

La situation était différente, désormais. Il s'agissait d'une famille qu'il avait lui-même conçue.

Le problème, c'était qu'il n'avait jamais imaginé devenir père, et qu'en conséquence, il ignorait comment réagir.

La famille, ce n'est pas pour moi.

Après avoir passé des années à essayer de prouver sa valeur à un père qui ne l'avait jamais reconnu, comment saurait-il devenir lui-même père ? Etre père s'apprenait en regardant ses parents.

Non ! Il refoula violemment cette idée dans un coin de son esprit. Il refusait de se conduire comme son propre père, comme un simple donneur de sperme. Henry Kavanaugh ne méritait pas le titre de père.

Hélas, il ne disposait d'aucun autre modèle.

Qu'allait-il faire, alors ?

Il leva les yeux. Alyse semblait aussi perdue que lui.

— Je…

Il ouvrit la bouche pour parler et la rassurer, mais il hésita trop longtemps.

— Ne t'inquiète pas, dit-elle. Je ne te demanderai rien.

Si Alyse avait cru l'apaiser ou atténuer sa colère, elle s'était bien trompée. Il la fusillait désormais du regard, un regard tellement noir qu'elle s'appuya sur une chaise pour ne pas faiblir.

— Tu n'as pas besoin de demander, Alyse. Je connais mes devoirs. En t'épousant, je me suis engagé à te verser une pension mensuelle, même si je ne vois pas encore comment tu l'as dépensée.

D'un regard empreint de mépris, il balaya son jean usé et son T-shirt rouge. Il considérait ce qu'il avait fait pour elle comme un devoir ? Dans ce cas, il allait penser la même chose de son bébé.

C'était hors de question !

— Pourquoi aurais-je besoin de quoi que ce soit de ta part ? Tu m'as donné tous ces vêtements, ces bijoux… J'ai vécu dans ta villa en Italie, et maintenant dans cet appartement luxueux…

Il ne répondit pas, et elle faiblit un peu plus.

Venait-elle de dire qu'elle considérait cet appartement comme son domicile ?

Il ne lui avait jamais donné le moindre indice sur la durée de leur mariage, et peut-être celui-ci était-il déjà terminé. Evidemment, elle venait de lui annoncer une nouvelle qui ne correspondait pas à l'existence qu'il désirait. Et comme la lettre qu'elle avait découverte le lui avait appris, elle n'avait été pour lui qu'un moyen d'obtenir ce qu'il convoitait : la reconnaissance de son père. Et la vengeance.

Emplie d'amertume, elle se sentait gagnée par la nausée.

Dario fronça les sourcils. Etait-il en train de comprendre qu'elle était au courant de tout ?

— De quoi d'autre pourrais-je avoir besoin ? demanda-t-elle.

Oui, de quoi, à part d'un homme qui voulait vraiment être son époux — un homme qui l'aimerait ?

Elle repoussa néanmoins cette pensée. Hors de question de rêver et de laisser cette idée s'insinuer dans son cœur, sans quoi elle allait s'effondrer.

— Nous avons signé un contrat.

— Oui.

Un contrat, c'était tout ce qu'ils partageaient. Quelle idiote elle était, de penser qu'il pouvait y avoir davantage qu'un simple morceau de papier entre eux !

— J'ai l'intention de respecter ce contrat, mais un enfant…, dit-elle, gagnée par l'émotion. L'enfant ne figure pas dans le contrat.

— Oublie ce fichu contrat ! A moins que…

Il s'interrompit brusquement et la dévisagea jusqu'à ce qu'elle ose le fixer du regard.

— Tu n'avais pas l'intention d'avorter, tout de même ?

— Bien sûr que non.

Il semblait en colère. Elle n'était pas surprise, maintenant qu'elle savait que la venue d'un enfant était une clause importante du testament de Henry Kavanaugh.

— Un enfant ne faisait pas partie de mes projets. Notre contrat ne le mentionne pas.

Il ne le mentionnait pas, tout simplement parce qu'ils n'avaient pas pensé à cette éventualité.

Dario avait-il volontairement oublié de se protéger pour qu'elle se retrouve enceinte ?

Elle vivait un véritable cauchemar !

Jamais elle ne pourrait rester avec lui en connaissant la raison pour laquelle il l'avait épousée.

— Tu n'as pas besoin de rester marié avec moi simplement parce que je suis enceinte, dit-elle. Je suis tout à fait capable de me débrouiller seule.

— Et comment te débrouilleras-tu ? Je te rappelle que tu as démissionné de ton travail pour m'accompagner. Je subviendrai aux besoins de cet enfant, évidemment.

Evidemment… Il le ferait donc par devoir.

— Et tu percevras une pension.

— Es-tu en train de dire que j'aurai le droit de percevoir une pension, même en tant qu'ex-femme ?

— Ex-femme ?

Pourquoi avait-il l'air surpris ? Il n'y avait pourtant pas de quoi.

— Ce mariage n'est pas terminé, déclara-t-il d'un ton tranchant. Nous ne nous séparons pas. Je refuse de te laisser partir.

Quelle ironie ! Quelques heures plus tôt, elle rêvait d'entendre ces mots. Elle rêvait de l'entendre dire qu'il voulait rester marié, et n'avait aucune intention de la quitter. Et maintenant… Maintenant, elle savait exactement pourquoi il prononçait ces paroles.

Son rêve était devenu un cauchemar.

— Bien sûr que non, ce mariage n'est pas terminé, répliqua-t-elle avec amertume. Cela ne suffirait pas, n'est-ce pas ? Cela ne satisferait pas ton père.

— Pourquoi parles-tu de mon père ?

— Il ne paiera pas pour une ex-épouse et un enfant de divorcés. Ce qu'il désire, c'est un mariage respectable et un petit-enfant légitime. Tu dois lui donner ce qu'il désire, sans quoi tu ne pourras jamais t'installer dans la demeure familiale des Kavanaugh.

Maintenant qu'elle avait mentionné la maison des Kavanaugh, il semblait comprendre.

— La lettre…, dit-il simplement.

Il baissa les yeux vers le tiroir qu'elle avait ouvert.

Elle avait déjà entendu dire que les sentiments d'amour et de haine étaient proches, mais elle n'y avait jamais cru, avant ce jour.

Dario se tenait devant elle, séduisant et ténébreux… C'était l'homme dont elle était tombée amoureuse, mais aussi l'homme qui l'avait trahie. Il lui avait menti, il l'avait utilisée pour obtenir ce qu'il convoitait plus que tout au monde.

Elle le détestait pour ce qu'il avait fait.

— Oui, la lettre, répéta-t-elle. La lettre que ton père t'a envoyée avant que tu me demandes de t'épouser. Tu te souviens de ce qu'il a écrit, ou je dois te rafraîchir la mémoire ?

— Non, tu n'as pas besoin.

Dario n'avait nul besoin, en effet, qu'elle lui rappelle le contenu de la lettre. Il lui avait suffi de la lire une fois pour que les mots s'impriment dans son esprit.

C'était cette lettre qui avait été à l'origine de tous les

derniers événements. Elle lui avait révélé les manœuvres de Marcus pour épouser Alyse et ses motivations, elle l'avait poussé à se rendre chez les Gregory, après avoir découvert les vols commis par le père d'Alyse, et les ennuis dont Marcus souhaitait profiter pour obliger Alyse à l'épouser.

Cette lettre lui laissait entrevoir la possibilité d'une réconciliation avec Henry Kavanaugh, ou du moins une reconnaissance de la part de ce dernier. Elle lui annonçait même qu'il hériterait de la demeure familiale des Kavanaugh, au détriment de son demi-frère, s'il était celui qui faisait du rêve de son père une réalité.

Ce rêve qui avait été également celui de sa mère...

— Kavanaugh m'a écrit pour me dire qu'il avait modifié son testament, et qu'il acceptait enfin de reconnaître que j'étais son fils.

— Tu oublies de préciser qu'il t'offrait un cadeau supplémentaire, à savoir la demeure historique des Kavanaugh.

— Je n'en ai jamais voulu.

— Non ?

Elle semblait sceptique, et elle avait raison. Pour être honnête, la perspective de battre Marcus de cette façon, d'hériter à la place de son demi-frère, lui avait paru sur le moment la plus belle des revanches.

Mais juste sur le moment.

— Comment pourrais-tu ne pas en vouloir ? demanda Alyse d'un ton de défi. Ta mère a tout fait, des années durant, pour que ton père te reconnaisse. Tu m'as aussi avoué combien tu as travaillé dur, et comment tu as construit ta fortune avec l'espoir qu'il te reconnaisse enfin comme son fils.

— C'est vrai.

Il ne pouvait le nier, en effet. C'était exactement ce qu'il avait désiré, mais tout cela lui semblait dépassé, désormais.

— Je le voulais.

Ou du moins, il pensait le vouloir. Il s'était senti seul pendant si longtemps qu'il avait cru avoir trouvé un moyen de combler ce vide.

— Désires-tu cet enfant ? demanda-t-elle à brûle-pourpoint.

Doucement, elle effleura son ventre.

— Le désires-tu ? insista-t-elle.

— Evidemment !

Il ignorait peut-être comment se comporter comme un père, mais il était sûr d'une chose : son enfant se sentirait toujours désiré. Il serait là pour lui, et jamais il ne le renierait. Il serait le meilleur père du monde.

En tout cas, il ferait tout son possible pour le devenir.

— Tu le désires parce que tu sais qu'il te permettra d'obtenir ce que tu veux.

— Oui.

Il se mordit aussitôt la langue. Pourquoi diable avait-il répondu si vite ?

Elle n'allait pas le croire s'il essayait de lui dire le fond de sa pensée, et, hélas, il ne pourrait pas lui en vouloir.

Quel imbécile il était ! Si seulement il avait pu parler à Alyse de cette lettre avant qu'elle la découvre…

Il était justement sorti pour s'entretenir avec Henry, pour lui dire qu'il refusait d'entrer dans son jeu. Il voulait mettre un terme à toute cette histoire afin de pouvoir aller de l'avant. Il en avait plus qu'assez de regarder en arrière.

— Eh bien, je ne suis pas d'accord, répliqua Alyse, le regard noir, le visage fermé.

Sa main fine était toujours posée sur son ventre, mais il ne s'agissait plus d'une caresse. Elle semblait vouloir protéger son bébé contre le monde entier.

Contre lui aussi ?

Cette idée lui fendit le cœur.

— Je ne suis pas d'accord, répéta-t-elle. Maintenant, tu désires cet enfant. Maintenant, tu désires une famille, mais sache que jamais, jamais je ne te laisserai utiliser mon enfant comme une marchandise, comme un objet de chantage, comme l'a fait ton père. Ne prends pas cet air horrifié. Je ne te priverai pas de cet enfant, si c'est ce qui t'inquiète.

— Comment peux-tu douter de…

— C'est simple, répliqua-t-elle d'une voix vibrant de colère. Je te rappelle que la famille ne t'intéresse pas. Tu me l'as dit et répété à de nombreuses reprises.

— J'étais un imbécile lorsque j'ai dit ça…, répondit-il.

Hélas, elle ne l'écoutait plus. Elle semblait déterminée à lui assener tout ce qu'elle avait sur le cœur.

— Tu pourras voir ton enfant quand tu le désireras, mais tu ne pourras pas me voir, moi.

Ces derniers mots lui firent l'effet d'une gifle.

Tu ne pourras pas me voir…

Il avait l'impression qu'elle lui claquait une porte au nez. Une impression qui ne lui était que trop familière. Lorsqu'il avait quinze ans, il avait frappé à la porte des Kavanaugh, pour supplier Henry d'aider sa mère. Mais ce dernier ne s'était pas laissé fléchir.

— Tu ne peux pas m'avoir. Je veux plus, bien plus qu'une simple pension.

— Si tu désires plus, aucun problème. Combien…

— Je ne veux pas d'une pension ! Je ne veux rien de toi. Je ne veux pas d'argent. Tu as déjà payé mes parents.

— J'en avais les moyens, et ça en valait la peine.

Cela lui avait permis d'obtenir ce qu'il désirait, la reconnaissance de son père. Mais était-ce vraiment ce qu'il désirait aujourd'hui ?

Ça en valait la peine…

Elle referma les bras autour d'elle. Soudain envahie par une sensation de froid, elle avait besoin de réconfort. Il avait parlé de leur mariage au passé.

Manifestement, tout était terminé.

— Je veux le faire, insista-t-il.

— Mais je refuse ! En fait, ce que je voudrais vraiment, c'est pouvoir te rembourser.

— Nous avons conclu un contrat.

— Je sais. Hélas, je doute d'être capable de te rembourser la totalité. Je te resterai toujours redevable.

— Tu ne penses pas avoir déjà payé ta dette ?

Il prononça le mot « dette » en grimaçant, comme s'il était dégoûté.

— Tu ne crois pas avoir déjà rempli ta part du contrat ?

— Pourquoi penserais-je ça ?

— Si tu veux comparer la somme payée avec les avantages reçus...

— Alors notre mariage, même bref, devrait réduire ma dette, c'est ça ?

Elle n'en revenait pas ! Etait-ce vraiment ce qu'il pensait ? Il croyait qu'ils allaient compter les jours et les nuits passés ensemble et faire des additions ? Oui, de toute évidence. Il n'avait pas obtenu ce qu'il désirait vraiment. Son père n'accepterait jamais de lui léguer la maison, s'il ne respectait pas tous les points du testament.

— Alors dis-moi, Dario, quelle partie de la somme ai-je déjà remboursée en faisant l'amour avec toi ?

Il ne répondit pas. Quoi qu'il en soit, elle n'avait pas envie qu'il réponde. Sa douleur était bien trop vive. Elle en devenait même insupportable.

— Voyons..., reprit-elle. Nous avons été mariés quatre mois, à raison de relations sexuelles dix fois par semaine en moyenne. Si je compte bien, cela doit faire environ cent cinquante fois. Alors, combien ai-je gagné ? A combien évalues-tu chaque nuit, chaque corps à corps ?

— Je ne pense pas de cette façon.

— Il est peut-être temps que tu t'y mettes, parce que j'ai besoin de savoir. De combien s'est réduite ma dette ?

Tu dois avoir une idée. Tu payes bien tes prostituées, d'habitude.

En prononçant ces mots, elle vit ses joues perdre leurs couleurs et son regard devenir acéré.

— Pour ton information, sache que je ne fréquente pas de prostituées. Toutes les femmes que j'ai fréquentées sont toujours parties satisfaites. Mais toi…

Il semblait avoir du mal à respirer, d'un seul coup.

— … toi, tu es bien trop chère. Tu m'as coûté bien trop cher.

Elle ferma les yeux.

Tous ses rêves étaient en train de s'effondrer. Décidément, elle s'était conduite comme une idiote ! Avait-elle vraiment cru qu'il ne la laisserait pas partir, qu'il la supplierait de rester ?

Elle avait oublié la réalité de leur mariage : il ne s'agissait que d'un arrangement financier, dans lequel Dario ne désirait que son corps. Ainsi que son nom sur les certificats, afin que Henry Kavanaugh respecte ses promesses. Il ne désirait ni engagement ni sentiments.

Le nœud du problème, c'était que Dario ne l'aimait pas. Et dans ces conditions, il n'était pas prêt à affronter le changement de circonstances.

Tu m'as coûté bien trop cher.

Il l'avait pourtant prévenue, il s'était même montré très clair. Alors, pourquoi souffrait-elle à ce point ? Pourquoi avait-elle l'impression que son cœur venait de recevoir un coup de poignard ?

— Tu as raison, dit-elle enfin. Tu n'as plus les moyens, et cela ne vaudrait jamais la peine. Pas pour moi, en tout cas. Je veux davantage qu'un homme qui m'épouse pour ce que je peux lui apporter.

— Je te voulais, toi !

Quoi qu'il dise, c'était trop tard.

— Je désire davantage. J'ai passé ma vie à être utilisée par d'autres personnes, et je refuse que cela continue. Mes parents m'ont utilisée pour éviter la ruine et la prison. Marcus m'aurait utilisée s'il l'avait pu, pour obtenir l'approbation de son père, la demeure familiale, et toi… Toi…

Elle s'interrompit et ravala les sanglots qui l'empêchaient de respirer.

Dario ne répondait pas. Il la fixait, sombre, silencieux, le regard noir. Il ne la contredisait pas. Il acceptait tout ce qu'elle lui lançait au visage, sans protester, sans se défendre, sans doute parce qu'il savait qu'elle disait la vérité.

— C'est terminé, déclara-t-elle lorsqu'elle eut recouvré sa voix. C'est bel et bien terminé.

Il semblait s'être transformé en statue. Aucune trace d'émotion n'affectait son visage. Qu'aurait-il pu dire, de toute façon ?

C'est bel et bien terminé…

Elle repensa aux mots qu'elle venait de prononcer.

— Oui, a-t-il simplement murmuré.

Il venait à peine de prononcer ce mot qu'elle entendit frapper à la porte, qu'il n'avait même pas fermée lorsqu'il l'avait découverte, le test de grossesse dans la main.

— Excusez-moi.

José, le chauffeur, attendait dans sa voiture le retour de Dario, mais il avait dû trouver l'attente trop longue et avait décidé de monter les valises qu'ils avaient rapportées de Toscane.

Il les déposa dans l'entrée.

— Dois-je mettre ces…

— Non, dit-elle. José, pouvez-vous redescendre ma valise dans la voiture ?

Elle leva les yeux vers Dario, toujours impassible.

— Tu acceptes que José me reconduise ?

— Où vas-tu ?

Il posait la question, mais n'avait pas l'air très intéressé.

— Je ne sais pas encore, mais je te le dirai.

Pour toute réponse, il fronça les sourcils.

— Je t'ai promis que tu pourrais voir ton enfant, poursuivit-elle. Je tiendrai ma promesse.

Elle ne parvint pas à ajouter quoi que ce soit. Elle se sentait à bout.

Déterminée à ne pas s'effondrer devant lui, elle rassembla son courage et suivit, en silence, José en direction de la voiture.

Si elle avait hésité, si elle s'était retournée, peut-être aurait-il trouvé les mots pour la faire changer d'avis. Mais quels mots ? Que pouvait-il dire ? Il ne pouvait réfuter les accusations d'Alyse.

Au départ, du moins.

Il ne pouvait rien dire lorsqu'elle affirmait que leur mariage était terminé. C'était ce qu'il désirait. Et c'était ainsi que les choses devaient être. Il fallait en finir avec les mensonges.

Il devait se trouver un autre but, aujourd'hui, sans quoi son existence deviendrait purement et simplement insupportable.

Le silence de l'appartement l'enveloppa. Il se laissa tomber sur le canapé, puis enfouit le visage entre ses mains.

Il avait perdu.

Tout perdu.

12.

— Que fais-tu ici ?

Alyse dut reconnaître qu'elle ne s'attendait pas le moins du monde à voir surgir Dario.

Il se souvenait donc de son amie Rose ? Il savait où celle-ci habitait ? Lorsqu'elle avait quitté son appartement, il ne lui était pas venu à l'esprit d'autre endroit pour se réfugier et penser à son avenir.

Et jamais elle n'aurait imaginé que Dario la suivrait jusqu'ici.

— Comment as-tu su où me trouver ? reprit-elle.

— J'ai pensé aller chez tes parents, pour commencer, mais je me suis dit, finalement, que tu n'y retournerais pas, même si tu étais désespérée.

Sa voix était rauque, ses joues mal rasées, ses yeux cernés. Il semblait épuisé, comme s'il n'avait pas dormi les nuits précédentes.

Tout comme elle.

— J'ai finalement demandé à José où il t'avait conduite.

Quelques jours plus tôt, refoulant à la fois ses larmes et la nausée, elle avait demandé à José de la conduire jusqu'au bureau de son amie Rose.

— J'avais pourtant demandé à Rose de ne pas…

— Je sais, mais j'ai réussi à la persuader.

Il esquissa un demi-sourire, comme s'il était fier de lui. Elle avait oublié à quel point il pouvait se montrer convaincant.

— Je lui ai dit que j'avais quelque chose d'important pour toi, ajouta-t-il.

— Je n'ai pourtant rien oublié.

— Il s'agit de quelque chose que je veux te donner.

Il leva une main qui tenait une large enveloppe.

— Non...

Lorsqu'elle l'avait vu sur le pas de la porte, l'espoir lui était revenu, même si elle ne l'avait pas montré. Mais cette brève flambée s'était éteinte.

Il n'était ici que par devoir envers son enfant, c'était évident.

La nausée la gagna de nouveau, et elle fit deux pas en arrière. C'en était trop, elle n'en pouvait plus.

— Je peux entrer ?

Elle n'en avait guère envie, mais elle ne pouvait pas le laisser ainsi sur le palier.

— Je n'en veux pas, dit-elle en regardant l'enveloppe. Tu en as déjà fait assez.

Il répondit d'un geste de la main, comme si ce qu'elle disait n'avait aucune importance.

— M'as-tu écoutée, Dario ? Ces documents ne m'intéressent pas ! Je n'en veux pas !

Elle n'était pas sûre d'être capable de le voir partir une nouvelle fois. Ce serait bien trop douloureux.

— Je ne veux pas davantage d'argent, précisa-t-elle.

— Tu y as pourtant droit.

Lorsqu'elle le dévisagea, elle s'aperçut qu'il n'y avait pas la moindre trace d'animosité dans ses yeux. Au contraire, elle y vit des lueurs qui ressemblaient presque à de la souffrance.

— Je ne peux pas...

Elle s'interrompit lorsqu'il sortit un document de l'enveloppe.

Dario ne dit rien, se contentant de lui tendre des feuilles. Lentement, elle les prit et s'obligea à baisser le regard.

Elle lut quelques lignes puis, abasourdie, s'arrêta. Elle n'en croyait pas ses yeux.

Elle relut les mots une nouvelle fois.

— Dario, c'est...

Elle n'en revenait pas.

— Le titre de propriété de la Villa d'Oro. Je te le donne.

Voilà pourquoi il lui avait dit qu'elle avait coûté bien trop cher. Il lui offrait sa maison, la maison qu'il avait achetée en mémoire de sa mère, la maison qui représentait son seul lien avec ce qui pouvait constituer une famille.

— Tu ne peux pas...

— Si, je le peux, et je le fais. A quoi me servirait une maison aussi grande ? Le bébé et toi, vous allez avoir besoin d'une maison de famille.

Le vertige la saisit, et elle posa une main sur le mur pour ne pas vaciller.

— La demeure des Kavanaugh..., commença-t-elle.

Se débarrassait-il de sa villa toscane parce qu'il était devenu l'héritier de la demeure paternelle ?

— Ton père...

Sa réaction ne surprenait pas Dario. Malgré tout, ces mots lui firent mal.

— Non, répondit-il avec autant de conviction que possible. Sûrement pas ! Mon père n'est mêlé en rien à cette histoire. Il ne compte plus, depuis que je t'ai épousée.

Il lui en fallait plus pour la convaincre ? Pas de problème : il allait lui donner toutes les raisons de le croire.

— Je dois admettre que lorsque j'ai appris que Henry te désirait comme belle-fille, qu'il était même prêt à renoncer à sa maison si Marcus t'épousait, j'ai eu envie de contrecarrer ses projets. Et ensuite, quand Henry...

Il refusait de l'appeler « père ».

— Lorsqu'il m'a envoyé cette lettre, m'offrant sa reconnaissance si c'était moi qui t'épousais...

Il sortit un autre document de l'enveloppe, les lettres de Henry Kavanaugh l'informant qu'il serait récompensé s'il épousait une jeune femme noble et que celle-ci lui donne un petit-fils ou une petite-fille.

— J'ai été tenté, je l'admets.

Il secoua la tête et leva les yeux au ciel. Comment avait-il pu être aussi stupide ?

— Mais après notre mariage, poursuivit-il, je n'en voulais plus. Je ne voulais plus rien de lui.

Elle doutait toujours, il le voyait dans son regard. Il allait donc insister. Il allait persévérer, afin qu'elle comprenne que son père ne représentait plus rien pour lui.

— Donne-moi les lettres.

Il les reprit puis, d'un geste brusque, déchira toutes les feuilles jusqu'à en faire des confettis.

— Je ne comprends pas…, dit-elle, manifestement désorientée.

Comment pouvait-elle comprendre, vu qu'il ne comprenait pas lui-même ce qui lui arrivait ? Il savait simplement que lorsqu'elle était partie, avec son enfant, elle l'avait amputé d'une partie de lui. D'une partie de son âme. Il n'avait pas supporté de l'entendre dire qu'elle devait le rembourser. Quand elle avait comptabilisé leurs nuits communes pour essayer d'en déterminer la valeur, il avait cru devenir fou.

Tu payes bien tes prostituées, d'habitude ?

Ces mots lui avaient fait l'effet d'un coup de poignard dans le cœur, bien plus douloureux que le rejet de son père et la façon dont Marcus lui avait claqué la porte au nez.

— Dario… Cette lettre t'offrait tout ce que tu désirais.

— Non !

Il était en colère contre son père, contre la façon dont il avait pu contrôler sa vie, ses sentiments, jusqu'à la femme… *Jusqu'à la femme qu'il aimait.*

— Sûrement pas ! ajouta-t-il. Henry Kavanaugh ne m'offrait rien du tout.

— Mais si !

Alyse ne semblait rien comprendre.

— Il te reconnaîtra, ajouta-t-elle.

Était-il prêt à renoncer ? A renoncer au rêve de sa mère ? Et pour quoi ?

— Il ne m'accepterait qu'à cause de ce que je lui apporterais, pas pour ce que je suis.

— Comment peux-tu me donner la Villa d'Oro, ta maison de famille, à moins que...

— Tu penses que je me débarrasse de la villa parce que je suis propriétaire de la maison des Kavanaugh ? Tu te trompes. Je t'offre la villa parce que je ne peux pas y vivre. Pas sans toi, en tout cas. Si tu n'es pas là, il ne s'agit plus d'une maison de famille. Sans toi, il ne s'agit que d'une adresse, d'un lieu sans âme. Tu es le cœur et l'âme de cette villa. Tu l'as transformée en maison vivante, et sans toi, elle serait désespérément vide.

Quelque chose dans le beau visage d'Alyse lui donna le courage d'approcher et de tendre une main vers elle. Mais il ne prit pas la sienne. Il avait encore d'autres choses à lui dire.

— Quant aux Kavanaugh, je ne veux rien d'eux. Je n'ai besoin de rien. Le prix à payer serait bien trop important. Je ne suis pas un Kavanaugh, je suis un Olivero, c'est le nom de ma mère. Le nom que j'aimerais que mon enfant porte.

A sa grande surprise, il avait l'impression que ses sentiments ne lui appartenaient plus...

— Et cet homme a le culot de te vouloir, toi, comme mère de son petit-fils ou de sa petite-fille, pour obtenir un titre de noblesse ! Tu mérites mieux que ça. Je refuse que notre enfant ne soit qu'un titre de noblesse, qu'il ne soit considéré que pour ce qu'il ou elle peut apporter au statut de notre famille.

— De « notre » famille ?

Alyse avait du mal à respirer, tout à coup. Venait-il vraiment de dire qu'il l'incluait dans sa famille ?

— Nous ne sommes pas une famille, fit-elle remarquer. Nous ne sommes liés que par un contrat. Tu as payé pour obtenir ce que tu désirais.

Elle ne pouvait plus continuer, elle se sentait à bout de souffle.

— C'était toi que je désirais, répondit-il.

— Tu as payé pour m'avoir dans ton lit, et tu...

Il sortit un autre document, qu'elle reconnut aussitôt : il s'agissait du contrat de mariage qu'elle avait signé. Cela faisait-il vraiment quatre mois ? Seize courtes semaines ? Elle avait l'impression que l'événement datait d'une éternité.

— Je sais que tu ne l'as jamais lu attentivement. Alors lis-le, maintenant. Et sérieusement.

Les mots dansaient devant les yeux d'Alyse, et elle se sentait incapable de lire. Pourtant, elle n'avait pas le choix. Son regard bleu perçant le lui ordonnait.

Alors, elle lut le document. Puis elle le relut.

Elle n'en croyait pas ses yeux. Avait-elle vraiment signé ce contrat ? Elle ne se souvenait plus de rien.

Elle voyait pourtant sa signature, en bas de page, à côté de celle de Dario. Ce contrat était bel et bien légal.

A part le mariage, la seule chose qui comptait dans ce document, c'étaient les obligations de Dario.

Elle avait cru qu'il lui avait demandé de l'épouser pour être sa maîtresse, et que ces conditions étaient écrites noir sur blanc dans le contrat. Elle pensait qu'il l'avait achetée, en remboursant l'argent volé par son père.

— Tu... Tu voulais simplement m'épouser, tu n'attendais rien d'autre ?

Elle n'en revenait pas.

— Tu n'as pas..., bredouilla-t-elle.

Le contrat l'obligeait à l'épouser, à prendre son nom. Il n'avait pas indiqué qu'il devait s'agir d'un mariage dans les règles. Elle avait cru que c'était une condition pour qu'il aide ses parents, qu'elle était contrainte de coucher avec lui, mais ce n'était pas le cas.

— Je t'ai épousée parce que je le désirais, déclara-t-il fermement. Oui, je voulais me venger de mon père et de mon demi-frère. Je voulais être sûr que Marcus ne poserait jamais les mains sur toi. Mais je ne t'ai pas achetée comme une prostituée de luxe. Je te désirais, mais je voulais que ce soit ton choix, que tu le désires aussi. Je n'ai jamais forcé une femme à coucher avec moi, et n'ai pas eu l'intention de commencer par ma femme, même si tu m'as épousé parce que j'ai réglé les problèmes de ta famille.

— J'ai fait l'amour avec toi parce que je le désirais. C'est toi qui as insisté, pour le mariage.

— Je pensais que c'était la seule façon pour moi d'obtenir la reconnaissance de mon père, mais j'ai compris que je m'étais trompé le jour même de notre mariage, car il n'est pas venu.

Je n'ai pas de famille.

Elle pouvait toujours entendre les mots qu'il lui avait murmurés, devant l'église. Elle avait senti percer une immense tristesse dans sa voix, lorsqu'il les avait prononcés.

— Je ne… Je n'ai jamais été intéressé par la famille.

— Je sais.

— Je ne sais pas comment être intéressé par la famille, reprit-il d'une voix nerveuse. Mais avec toi, j'ai eu envie d'essayer.

Quoi ?

Elle n'en croyait pas ses oreilles. Elle avait dû se tromper. Il n'avait pas pu dire que…

Elle plongea dans ses prunelles couleur azur, dans ces yeux qu'elle aimait tant et qui, en ce moment, brillaient de sincérité.

— Quand ? demanda-t-elle, d'une voix qui n'était plus qu'un murmure. Quand est-ce arrivé ?

— La première nuit, à la villa, et depuis.

Il la regardait intensément, de toute évidence désireux qu'elle le croie sur parole.

— J'aurais pu te le dire à ce moment-là… J'aurais même dû te le dire. Je savais déjà que je ne voulais plus te laisser partir, j'ignorais simplement comment nommer mes sentiments.

— Et aujourd'hui ?

Tout en prononçant ces mots, elle vit le visage de Dario s'illuminer.

— Aujourd'hui, j'admets qu'il s'agit d'amour. Je suis amoureux de toi, Alyse. Je t'aime tellement que je ne supporte pas l'idée que tu aies pu penser que j'ai payé pour coucher avec toi. J'ai besoin de toi dans ma vie. Je t'aime tellement que je veux passer toute ma vie avec toi. Je te veux comme ma femme, comme la mère de mon enfant.

— Mais tu…

Elle s'interrompit lorsqu'il prit ses mains et les plaça contre son cœur.

— Ne le dis pas. Ne me rappelle pas combien j'ai été idiot, ignorant, incapable de reconnaître… J'ignorais ce qu'était une famille. Je savais juste que c'était plus que des liens du sang, ces liens qui me lient à Henry et Marcus.

— Ils ne sont pas ta famille ! le coupa-t-elle brusquement.

Il suffisait à Alyse de penser à la façon dont ces deux hommes l'avaient traité pour bouillir de rage.

— Je sais, et je ne voulais pas qu'ils le soient. Je voulais une famille comme la tienne, une famille avec un père prêt à risquer la prison pour sauver sa femme. Et tu étais prête à renoncer à ta vie pour les sauver. Je rêvais de cela.

— Vraiment ?

— Vraiment. J'ai toujours compris l'intérêt de la famille, le plaisir qu'on peut avoir à être proches, à prendre soin les uns des autres, mais un tel amour ne s'achète pas. Tout a commencé la première fois où nous avons fait l'amour. Ensuite, il y a eu ce jour, sur la terrasse…

— Ça a commencé avant…

Alyse se sentait tellement émue qu'elle avait du mal à parler.

— Ça a commencé lorsque tu as pris soin de moi, quand j'étais malade.

Il lui adressa un sourire rempli de tendresse, et une incroyable vague d'émotion l'assaillit.

— Cela nous a conduits à aujourd'hui, au bébé…

Il posa timidement une main sur son ventre. Sous cette main se trouvait leur bébé, le nouveau membre de leur famille.

— Nous aimerons tous les deux notre enfant, autant que je t'aime. J'ignore comment être un père, mais je ferai mon possible pour apprendre.

Sa voix était soudain plus faible, à peine plus audible qu'un murmure.

— La famille m'est toujours étrangère, mais j'ai envie d'essayer, avec toi.

Quelle plus belle déclaration pouvait-elle espérer ?

— Je veux essayer, moi aussi. Tu es l'homme que j'aime, le père de mon enfant.

Elle se pencha, lui offrit sa bouche, et une sensation d'intense bien-être l'envahit. Elle se lova un peu plus contre lui. Elle se sentait à sa place, en sécurité. Elle était aimée, et aurait souhaité ne jamais quitter ses bras puissants.

— Laisse-moi te dire quelque chose, mon amour…, reprit-elle, au comble du bonheur. Je ne sais pas non plus comment il faut s'y prendre, pour construire une famille, mais je sais une chose : nous apprendrons ensemble. Je n'ai besoin de rien d'autre.

Ce mois-ci
dans votre collection
Azur

Découvrez la nouvelle série inédite :

LES MARIÉS DE L'ÉTÉ

Retrouvez en juin,
dans votre collection

Azur

Sa plus belle confidence, de Kate Hewitt - N°3715

ENFANT SECRET

Comment, après tant de temps, Lucy va-t-elle supporter de revoir le cheikh Khaled el-Farrar, son ancien amant ? Lorsqu'il a disparu sans même prendre la peine de lui dire adieu, quatre ans plus tôt, elle a cru devenir folle de douleur. Et aujourd'hui, alors qu'elle doit se rendre au Biryal, le royaume de Khaled, elle sent son cœur s'affoler. Certes, elle compte bien se montrer forte, assurée, et lui prouver qu'elle l'a définitivement oublié… mais, elle le sait, elle se met en danger en sollicitant de nouveau cet homme qu'elle a passionnément aimé. Car, si elle fait tout ce chemin, c'est aussi pour lui annoncer un bouleversant secret…

Sous le charme du milliardaire, de Miranda Lee - N°3716

Lorsqu'elle apprend qu'elle devra se rendre à un mariage avec Ben De Silva, le P-DG du groupe qui vient de la licencier, Jess peine à réprimer sa colère. Comment cet homme qu'elle déteste, et qui l'a privée de l'emploi qu'elle aimait tant, ose-t-il solliciter sa compagnie ? Heureusement, ce week-end impromptu lui laisse plusieurs jours pour faire changer d'avis le bel Américain au sujet de la restructuration de son entreprise… ou pour succomber à son charme torride et tout oublier entre ses bras.

Une parenthèse enchantée, de Julia James - N°3717

UNE NUIT AU BOUT DU MONDE

« Partez en voyage avec moi. » Lorsque l'éblouissant Nikos Parakis lui a fait cette surprenante proposition, Mel a décidé d'accepter, sur un coup de tête. Ne rêvait-elle pas depuis des années de prendre un nouveau départ et de découvrir le vaste monde ? Aujourd'hui, pourtant, elle se demande si elle n'a pas fait une erreur : les sublimes plages des Bermudes risquent bien, pour elle, de se transformer en une cage dorée… Pour s'en échapper, elle devra faire preuve de détermination et poursuivre seule son périple, même si elle sent bien que, après ces deux semaines passées à ses côtés, le souvenir de Nikos restera imprimé dans son cœur à tout jamais.

Guidée par la passion, de Trish Morey - N°3718

Alors qu'elle voyage à Istanbul, Amber échappe de peu à la prison. Son salut ? Elle ne le doit qu'à l'intervention inespérée de Kadar Soheil Armimoez, un homme hautain et autoritaire qui la trouble immédiatement. Car, si elle lui est reconnaissante de l'avoir tirée de ce mauvais pas, c'est pourtant un tout autre sentiment qui prévaut lorsqu'elle le regarde : un désir brûlant, qu'elle n'a jamais ressenti auparavant... Après tout, elle est loin de chez elle et va devoir passer plusieurs jours en compagnie de Kadar, sous peine de retomber entre les mains de la police. Alors, pourquoi ne pas se laisser aller à la passion ?

Le plus parfait des amants, de Joss Wood - N°3719

Willa peine à croire à sa propre audace : elle a un amant ! Elle ! Après avoir mis fin à son mariage terne à pleurer, elle a enfin décidé de vivre et de s'amuser. Et quel meilleur compagnon de jeu que le beau Rob, qui excite ses sens comme aucun autre homme avant lui ? Pourtant, très vite, Willa s'aperçoit que cette relation ne lui suffit pas : pour Rob, elle n'est qu'une maîtresse de passage, et elle se respecte désormais trop pour accepter de jouer les seconds rôles. Cependant, comment pourrait-elle repousser cet homme irrésistible qui comble tous ses désirs ?

Fascinée par un séducteur, de Sharon Kendrick - N°3720

Depuis que le célèbre Alek Sarantos est arrivé dans l'hôtel de luxe où Ellie travaille, toutes les équipes sont en ébullition et chacun s'efforce de satisfaire au mieux les caprices du milliardaire. Mais Ellie, elle, tâche surtout d'ignorer sa beauté foudroyante et ses regards brûlants de désir. Pourtant, lorsque Alek lui donne un fougueux – et merveilleux – baiser, elle ne peut résister et se laisse aller entre ses bras. C'est alors que sa vie bascule : elle perd son emploi, les paparazzis se lancent à ses trousses, et le beau Grec, persuadé qu'elle a averti les médias, est fou de rage...

Celle qui lui était interdite, de Michelle Smart - N°3721
SÉRIE : LES MARIÉS DE L'ÉTÉ - 2ᴱ VOLET

Alessandra Mondelli est... enceinte de lui ? Christian Markos est totalement désemparé depuis qu'il a appris cette bouleversante nouvelle. Car Alessandra n'est autre que la petite sœur choyée de son meilleur ami, la femme dont il n'aurait jamais dû s'approcher malgré le désir fou qu'elle éveille en lui depuis toujours... En dépit du choc, Christian sait qu'il n'y a qu'une attitude à avoir : épouser Alessandra et prendre soin de leur enfant. Mais pour cela, il devra d'abord faire taire la petite voix qui lui susurre que la belle aristocrate italienne mérite mieux que lui et, surtout, convaincre Alessandra du bien-fondé de cet arrangement...

Un furieux désir, de Maya Blake - N°3722

SÉRIE : L'AMOUR EN SEPT PÉCHÉS - 6ᴱ VOLET

Zaccheo Giordano vient à peine de sortir de prison que déjà, fou de rage, il n'a plus qu'une obsession : retrouver les traîtres qui l'ont accusé à tort de détournement de fonds pour leur faire payer leur impudence. Il a même décidé qui serait sa première victime : la belle Eva Pennington, qui l'a séduit pour mieux le manipuler... Quel meilleur moyen de se venger que de la forcer à annuler ses fiançailles pour l'épouser ? Ainsi, il la tiendra à sa merci, et sera peut-être – enfin – immunisé contre l'attirance dévastatrice qu'elle a toujours exercée sur lui...

Une troublante demande en mariage, de Carol Marinelli - N°3723

SÉRIE : LE SECRET DES HARRINGTON - 3ᴱ VOLET

La princesse Leila de Surhaadi ne connaît plus le repos depuis que James Chatsfield a appris qu'elle attendait un enfant de lui. Car son amant d'un soir l'a décidé : ils se marieront et trouveront un accord pour élever le bébé ensemble. Sans amour ? Sans même véritablement se connaître ? Pour Leila, c'est hors de question : son enfant n'aura pas pour père ce play-boy notoire et irresponsable. Mais c'est compter sans l'entêtement de James qui, un soir, la prend au piège lors d'une ridicule demande en mariage publique : tout Times Square est témoin du déluge de cœurs et de pétales de rose qu'il déverse sur elle. Alors, après un baiser qui ressemble fort à une morsure, Leila n'a d'autre choix que d'accepter...

La fierté de Rafael, de Janette Kenny - N°3724

SÉRIE : SCANDALEUX HÉRITIERS - 6ᴱ VOLET

Au moment de retrouver Rafael, Leila sent son cœur se mettre à battre follement dans sa poitrine. Enfin, elle va revoir son mari, dont elle a été séparée pendant de longs mois, et savourer dans ses bras des retrouvailles tendres et passionnées... Mais quand Rafael, à sa grande surprise, lui explique qu'il souhaite à présent avoir un enfant, un héritier, et fonder une famille, Leila sent la panique et l'angoisse l'envahir. Désormais, elle en est certaine : si Rafael apprend le secret qu'elle lui cache depuis des mois, il la quittera pour une autre femme, capable, elle, de lui donner ce qu'il désire...

OFFRE DE BIENVENUE

Vous êtes fan de la collection Azur ?
Pour prolonger le plaisir, recevez gratuitement

◆ 2 livres Azur gratuits ◆
et 2 cadeaux surprise !

Une fois votre colis de bienvenue reçu, si vous souhaitez continuer à recevoir nos romans Azur, cela se fera automatiquement. Vous recevrez alors chaque mois 6 romans inédits de cette collection au tarif unitaire de 4,30€ (Frais de port France : 1,79€ - Frais de port Belgique : 3,79€).

➡ LES BONNES RAISONS DE S'ABONNER :

Aucun engagement de durée ni de minimum d'achat.
◆
Aucune adhésion à un club.
◆
Vos romans en avant-première.
◆
La livraison à domicile.

➡ ET AUSSI DES AVANTAGES EXCLUSIFS :

Des cadeaux tout au long de l'année.
◆
Des réductions sur vos romans par le biais de nombreuses promotions.
◆
Des romans exclusivement réédités notamment des sagas à succès.
◆
L'abonnement systématique et gratuit à notre magazine d'actu ROMANCE.
◆
Des points fidélité échangeables contre des livres ou des cadeaux.

➡ REJOIGNEZ-NOUS VITE EN COMPLÉTANT ET EN NOUS RENVOYANT LE BULLETIN !

✂ - - - - - - - - - -

N° d'abonnée (si vous en avez un) ⎵⎵⎵⎵⎵⎵⎵⎵⎵⎵

ZZ6F09
ZZ6FB1

Mme ☐ Mlle ☐ Nom : ....   Prénom : ....

Adresse : ....

CP : ⎵⎵⎵⎵⎵   Ville : ....

Pays : ....   Téléphone : ⎵⎵⎵⎵⎵⎵⎵⎵⎵⎵

E-mail : ....

Date de naissance : ⎵⎵ ⎵⎵ ⎵⎵⎵⎵

☐ Oui, je souhaite être tenue informée par e-mail de l'actualité d'Harlequin.

☐ Oui, je souhaite bénéficier par e-mail des offres promotionnelles des partenaires d'Harlequin.

Renvoyez cette page à : Service Lectrices Harlequin – BP 20008 – 59718 Lille Cedex 9 - France